블랙
요원

초판 1쇄 발행 2025. 12. 10.

지은이 조남일
펴낸이 김병호
펴낸곳 주식회사 바른북스

편집진행 임현정
디자인 김효나
마케팅 송송이 박수진 박하연

등록 2019년 4월 3일 제2019-000040호
주소 서울시 성동구 연무장5길 9-16, 606호 (성수동2가, 블루스톤타워)
대표전화 070-7857-9719 | **경영지원** 02-3409-9719 | **팩스** 070-7610-9820

•바른북스는 여러분의 다양한 아이디어와 원고 투고를 설레는 마음으로 기다리고 있습니다.
이메일 barunbooks21@naver.com | **원고투고** barunbooks21@naver.com
홈페이지 www.barunbooks.com | **공식 블로그** blog.naver.com/barunbooks7
공식 포스트 post.naver.com/barunbooks7 | **페이스북** facebook.com/barunbooks7

ⓒ 조남일, 2025
ISBN 979-11-7263-705-7 03810

•파본이나 잘못된 책은 구입하신 곳에서 교환해드립니다.
•이 책은 저작권법에 따라 보호를 받는 저작물이므로 무단전재 및 복제를 금지하며,
 이 책 내용의 전부 및 일부를 이용하려면 반드시 저작권자와 도서출판 바른북스의 서면동의를 받아야 합니다.

블랙 요원

이름 없는 사람들

조남일 장편소설

바른북스

프롤로그

오늘날 대한민국이 있기까지 우리는 늘 북한 독재자들에게 일방적으로 테러를 당하기만 했었다. 그들의 잔인한 만행에 수많은 사람들이 희생도 되었다. 보복은 하지 않더라도 잊지는 말아야 할 것이다.

1945~1991년 북한이 저지른 대형 테러/납치 사건들

1945년   08. 15. 일제 식민지 해방.
1946년   10. 01. 대구 폭동사건, 남로당 주도로 발생, 이때 박정희 대통령 친형 박상희 씨 남로당에 연루되어 사망.
1947년   04. 03. 제주 폭동사건, 남한 단독 정부수립 반대, 남로당이 주도한 폭동, 진압 과정에서 무고한 양민들이 많이 희생됨.
1948년   08. 15. 대한민국 정부수립.

1948년	10. 19. 여수 순천 반란 사건 남로당 주도로 발생.
1950년	06. 25. 김일성이 소련을 등에 업고 일으킨 민족 최악의 전쟁.
1953년	07. 27. 휴전협정 맺음.
1956년	부산 정치파동 폭동 남로당의 지령으로 발생.
1968년	01. 21. 북한 특수부대 31명 청와대 습격사건.
1968년	10. 30. 울진 삼척 무장공비 120명 침투, 최대 규모 무장공비 침투사건.
1969년	12. 11. 북한 공작원 조창희에 의한 대한항공 YS-11기 강릉에서 서울로 오던 중 공중 납치, 북한 함흥시 공항에 강제 착륙시킴.
1978년	영화배우 최은희, 영화감독 신상옥 홍콩에서 북 공작원에게 납치, 납북.
1979년	고상문 지리교사, 노르웨이에서 해외연수 중 납치, 납북.
1983년	10. 09. 미얀마 아웅산 묘소 테러 사건, 북 공작원에 의한 대한민국 정부 고위 공무원 17명 사망.
1987년	11. 29. 대한항공 858편 북 공작원에 의해 벵골만 상공에서 폭파, 탑승자 115명 전원 사망.

1986~1991년 유럽 내 북 공작원 테러 미수 사건들

(본 소설의 구성 모티브를 제공한 사건들)

1986년 서독 본에서 외교관 라이너 비테 총격 사건, 독일과 한국 외교 관계를 방해 목적으로 외교관을 테러, 미수에 그쳤지만 북 공작원의 소행으로 추정함.

1991년 이탈리아 로마 주재 대한민국 대사관 간첩 침투 사건, 유럽 내 한국 외교관들의 정보를 수집하려다 사전에 발각됨, 미수에 그침.

이 외에 북한은 유럽 여러 나라에서 한국 외교관과 기업인들을 겨냥한 테러 시도와 간첩 활동을 지속적으로 벌였으나 대부분 사전에 발각되어 실패로 끝났다. 이러한 유럽에서 외교 방해 활동들은 남북한 간의 긴장을 고조시키고, 북한의 정치적 입지를 강화하려는 전략의 일환이었다. 냉전 종식 후 북한이 국제사회에서 고립되지 않기 위한 마지막 발버둥이라고 볼 수 있었다.

소리 소문 없이 정보를 입수하고, 사전에 테러를 막았던 '이름 없는 사람들' 즉,
블랙요원들에게 무한한 경의를 표한다.

목차

프롤로그

제 1 장	블랙요원 이상수	10
제 2 장	공작원 도연수	50
제 3 장	회색빛 베를린	56
제 4 장	테러 음모	71
제 5 장	공작원 총책 김상철	93
제 6 장	테겔 호수의 함박눈	112
제 7 장	동물병원	131
제 8 장	눈 뜨고 볼 수 없는	145
제 9 장	이상수 & 도연수	149
제10장	암살 전문 공작원	160
제11장	지중해의 마법	191
제12장	설계자 안기호	204
제13장	엠마 베버	221
제14장	시칠리아 꽃 축제	236
제15장	평온한 세상을 만나다	257

작가의 말

제1장

블랙요원 이상수

1989년 3월 런던 시내 중심에 있는 어거스틴 호텔 로비 커피숍에서 김철호와 송태호가 앉아 있다.

국가안전기획부 '특수활동요원' 임시직으로 발령이 난 철호의 연결고리는 송태호가 유일하다. 탁자 위에 두터운 봉투 하나 내려놓고,

"철호 씨, 여기 와서 생활해 보니까 좀 어때요?"

철호는 런던에 온 지 이제 4개월이 지났다.

구소련이 붕괴되면서 소련의 위성국가였던 동독, 폴란드, 체코, 유고, 루마니아 등 동구권 나라들에 자유화 물결이 걷잡을 수 없을 정도로 퍼져나가기 시작했다. 송태호는 정식 루트가 아닌 비공식

루트로 이루어지는 은밀한 정보들을 취합하여 서울 본부에 보고하느라 잠시도 마음에 여유가 없었다.

"팀장님, 말 놓으십시오, 한국 나이로 이제 33살입니다."

"그래, 그럴까? 내가 좀 무심했지! 그동안 편하게 밥도 한 끼 못 먹고 말이야! 우리 생활이 그래! 지난 김철호는 잊어버려, 어차피 죽은 사람이잖아! 여기 봉투에 새로운 발령지, 업무, 연락 방법, 여권 다 들어 있어!"

그러면서 철호에게 봉투를 내민다.

"난 갈게! 몸조심하고!"

"팀장님, 저 아직 아무것도 모르는데요!"

"그 봉투 안에 다 들어 있어! 본부에서 시키는 대로만 해! 사적인 일로 문제 일으키지 말고!"

그러고는 송 팀장은 떠났다.

작은 원룸으로 돌아온 철호는 등에 식은땀이 흐른다.

'영국 '리예카 해운회사' 사장 '벨레스'와 재무 담당자 '데바르'의 죽음을 알고 있는 것인가? 그러면 내가 움직이는 일거수일투족을 감시하고 있었다는 얘기인데! 설마?'

봉투를 뜯었다.

여권 이름은 '이상수', 다음 날 서독 프랑크푸르트로 가는 티켓이 들어 있다. 한국 3대 그룹 안에 들어가는 대호물산㈜ 종합상사 서독 지사였다. 사무실 주소가 적혀 있고, 안기부 영국 지부의 별도 업무 지시가 있을 때까지 무역 업무에만 충실하라는 지시가 있었다. 비상 연락은 반드시 공중전화로 해야 하며, 영국 지부 전화번호와 상수의 개인 코드번호 912771이 적혀 있다. 비행기 티켓과 여권만 남기고 나머지 서류들은 불태워 없앴다.

프랑크푸르트 공항에 도착하자 대호물산㈜ 직원이 나와 기다리고 있었다.

차를 타고 시내 번화가를 지나 주택이 밀집한 보른하임(Bornheim) 동네로 들어섰다. 한국에서 처음 부임하면, 자리 잡을 때까지 임시로 거처하는 곳으로 독일 지사가 렌트한 5층 건물 2층에, 크기는 20평 남짓 되었다.

짐을 풀고, 집 베란다 너머 공원을 보고 있다. 머나먼 이국땅에서 어쩌다 운명처럼 인생이 꼬였다. 아무리 살기 위해서 했던 본능적인 살인이었지만, 너무 많은 사람들을 죽였다. 아직도 '리예카 해운 회사' 핵심 경영진 중 한 명의 행방이 묘연하다. 살아 숨 쉬는 한 꼭 이 한 명을 찾아 한을 풀어야 한다는 결심에는 변함이 없다.

철호는 더 이상 삶에 대한 미련이 없다. 지금까지 살아온 삶은 기억하고 싶지 않다. 억지로라도 잊어야 한다고 자신에게 최면을 걸고 있다. 하지만, 매일 잠자리에 드는 게 괴롭다. 쉽게 잠을 못 이루고, 어렵게 잠을 청하고 나면 어김없이 악몽을 꾼다. 배가 가라앉고, 침실로 바닷물이 차 들어오는 꿈, 총소리가 들리고, 정글 깊숙이 도망가는 꿈, 악몽을 꾸다가 잠을 깬다.

특히, 약혼자 최정희와의 추억이 조금이라도 생각날까 봐, 한국 음악, 노래, 드라마, 영화는 가급적 피한다. 짐이라고 해봐야, 배낭 하나가 다이다. 속옷, 양복, 구두는 그때그때 계절에 맞게끔 사서 입고, 떠날 때는 몇 가지만 챙기고 버려버린다. 언제든지 이 세상 떠나도 자신에 대한 흔적이 남지 않도록 항상 주의를 하는 강박증이 생겼다. 그래서 그 흔한 사진 한 장 없다.

이로써 '김철호'가 아닌 '이상수'의 이름으로 제2의 인생이 시작되었다.

독일 지사의 주요 업무는 정밀기기를 가공하는 CNC(Computer

Numerical Control), NCT 선반기계 그리고 저속/고속 모터, 밸브류 등을 구입, 한국으로 보내는 역할과 대호물산㈜이 한국에서 생산하는 제품들을 유럽에 홍보 및 판매하는 업무를 한다. 쉽게 얘기하면 수출입 무역을 주관하는 유럽 내 대호물산㈜의 종합상사이다.

이상수는 모터 및 밸브류를 한국으로 보내는 담당 부서에 배치되었다. 비교적 쉬운 업무이다. 특별히 제품에 대한 지식도 필요 없고, 그냥 루틴한 일만 한다. 독일 제조회사, 이탈리아 제조회사 등에 오퍼 시트(발주서)를 작성해 보내고, 제품이 준비되었다 하면 포워딩 회사(국제 화물운송 대행업자)에 연락하여 선적서류 작성 후 배에 실으면 된다.

어느 날 지사장 '박수길'에게 서울 본사로부터 새로이 독일 지사에 발령되는 '이상수'란 직원은 우리 회사에 근무한 경력이 없지만 서울 본사 대표의 특별 추천이니 잘 가르쳐 주면 좋겠다고 연락이 와서, 그는

'이상수란 이 친구 빽이 대단한 모양이다! 도대체! 누구 빽이지?' 생각하며

담당 부장을 불렀다.

"저 이상수란 친구 뭐 뒷배경 있는 모양이야! 서울 본사 대표의 특별 추천이라네. 단순 업무부터 시켜!"

담당 부장 정호열은 지사장의 업무 지시를 받고, 몇 번 상수를 만나 얘기를 해보니 생각보다, 겸손하고 성실하다는 느낌을 받았다. 무역 업무를 정리하여 한번 알려주면 금방 이해를 하고, 점차 더 이상 가르쳐 줄 게 없게 되었다. 왠지 모르게 근접할 수 없는 카리스마도 느껴졌다.

그도 그럴 것이, 상수는 상선 1등 항해사 경력이 3년이 넘고, 늘 접하던 무역서류이니 말은 안 했지만 이 무역 업무가 낯설지는 않았다. 다만, 업무 외에 일체의 개인적인 얘기는 하지 않는다. 퇴근 후 집으로 가면, 가까운 식당에 들러 식사를 하고 위스키 한잔하는 정도로 시간을 보내고 일주일에 3번은 주택가 쇼핑센터에 위치한 태권도 도장에 들러 운동을 하고 휴일에는 공원에 들러 산책을 하곤 했다.

어느덧 5개월이 지났다. 그날도 상수는 퇴근 후 식사하고 바에 들러 위스키를 시키고 앉았는데, 옆으로 동양인 한 명이 지나가면서 상수 탁자 위에 책을 한 권 두고 간다.

안기부 첫 임무였다. 책 안에 있는 플로피 디스켓을 컴퓨터에 넣고, 상수의 고유 번호를 입력하자 지시 내용이 흘러간다.

1. 2년 전에 독일 A 사의 CNC 선반이 귀 지사를 통하여 북한으로 보내어졌음.
2. 조만간 그 CNC A/S 부품을 주문하려는 정보를 입수함.
3. 지사에 근무하는 누군가가 북한과 연루되어 있을 가능성이 있음.
4. 조사 후 보고만 할 것.

사실 독일 A사의 정밀기계 가공 선반은 수출 허가 품목이다. 유엔 제재를 받는 불량국가에는 판매가 금지되어 있다. 미사일 등 무기 제조에 필요한 정밀가공기계로 전환될 수 있기 때문이다. 일본, 독일 외에서는 그 정밀가공 선반을 제작하지 못한다. 오차범위가 100분의 1mm까지 가공할 수 있는 초정밀가공 기계이다.

다음 날, 상수는 부장 정호열과 차 한잔 마시자 하고,

"부장님, 저희 지사는 한국 말고 제3국 간 무역 중계도 할 수 있습니까?"

"물론, 할 수 있지요! 그 건은 반드시 지사장 허락이 있어야 합니다. 왜? 다른 나라 오퍼 들어온 것 있습니까? 내가 도와줄게!"

정호열 부장은 상수보다 나이가 5살이나 많다. 자신에게 깍듯이 대하는 부장의 말투가 부담스럽다.

"아닙니다. 앞으로 다른 나라에도 영업을 한번 해보려고 합니다. 주문서는 어떻게 넣으라고 하지요? 참, 부장님, 앞으로 저한테 말 놓으세요. 제가 민망합니다!"

"그럴까요? 텔렉스로 주문을 넣어달라고 해! 담당 여직원이 매일 아침 텔렉스로 온 주문서 모아서 지사장님에게 보고하고, 해당 품목을 담당자에게 전달해 줘."

"아! 예, 그러면 지사장님은 그 주문서를 다 가지고 있겠네요?"

"그렇지, 지사장님 캐비닛 보면 지금까지 온 주문서, 발주서(오퍼시트) 다 들어 있어! 언제든지 얘기해! 지사장에게 말해서 참고 자료 내가 찾아줄게!"

토요일 오후 모두 퇴근하고 상수 혼자 잔무를 처리한다면서 퇴근을 미루었다.

만능 키를 준비하고, 지사장 캐비닛을 열었다. 지난 3년 동안 CNC 수출 서류를 따로 분류해 놓은 파일을 찾았다. 총 30대 구매해서 한국으로 보내어진 것으로 되어 있었다.

그중 25대는 같은 포워딩 회사에서 한국으로 보내었는데, 5대는 전혀 낯선 포워딩 회사에서 말레이시아로 보낸 것으로 적혀 있었다. 상수는 메모를 하고 그 낯선 포워딩 회사를 찾기로 했다. 해결의 실마리는 이 낯선 KDO 포워딩 회사이다.

상수는 기존 거래하고 있는 포워딩 회사를 방문하였다. 함부르크 항구와 조금 떨어진 오피스 건물에 입주해 있었다. 대호물산을 담당하는 담당자와 마주 앉았다.

"이곳에 부임하고 전화로만 인사를 했습니다. 이상수입니다."

여러 형식적인 인사가 오가고 나서, 혹시 KDO 포워딩 회사를 잘 아냐고 물어보았다. 담당자는 고개를 갸웃하면서, 독일 내 포워딩 회사 리스트를 뒤적이더니, 생각난다면서

"예, 그 회사 동남아, 싱가포르, 말레이시아, 인도네시아 쪽 화물 많이 취급하는 걸로 알고 있습니다. 저기 길 건너 건물, 붉은 벽돌로 지은 5층짜리 보이시죠! 저 건물에 입주해 있습니다."

"아! 예 잘 알겠습니다. 저희 회사와 거래하고 싶다고 해서, 한번 알아본 겁니다."

서로 덕담을 나누고 헤어져 나오는데, 건물 입구까지 배웅하면서 상수에게 한마디 한다.

"저, 그냥 참고로만 알고 계십시오! 그 포워딩 회사 북한과도 연관이 있다는 소문이 퍼져 있습니다."

"정말 감사합니다. 팀장님! 오늘 저 여기 온 것 저희 지사장님에게 비밀 부탁드립니다."

상수는 길 건너 KDO 포워딩 회사가 입주해 있는 건물에 찾아갔다. 들어가지는 않고 오늘은 분위기만 살폈다.

가을이 되자 회사 창립 20주년 행사를 한다고, 5성급 고급 호텔 연회장을 빌렸다. 관련 업체 직원들, 영사관 직원과 그 가족들을 초청했고, 회사 전 직원들은 빠짐없이 참석하라는 통지를 받았다.
상수는 연회장에 미리 가서 준비가 제대로 되어가는지 점검하라는 지사장의 명령을 받았다.
도착해 보니, 꽃 진열이 한창이다. 얼핏 보아도 30대 초반으로 보이는 미모의 한국 여성이 정성스럽게 진열된 꽃을 다듬고 있었다.

"수고하십니다. 한국 분 맞으시죠?"

인사하는 상수를 보고는

"안녕하세요? 누구신지! 성함이?"

"대호물산 이상수입니다."

"처음 뵙는 분이라서, 죄송합니다. 대호물산 행사 시 꽃 담당은 제가 주로 맡아서 합니다. 앞으로 잘 부탁드립니다. 도연수라 합니다."

그러면서 상수에게 명함을 건네준다. 쇼핑센터 내에서 꽃 가게를 운영하고 있었다.

창립 20주년 행사는 80여 명이 참석하여 성대하게 잘 치렀다.
상수는 여러 직원들과 인사할 수 있는 기회도 가졌다. 지사장과 그 꽃 가게 주인 도연수는 상수가 보기에 보통 사이는 아닌 것 같은 느낌을 받았다.
지사장의 양복 윗주머니에 꽂혀 있는 행커치프를 자연스럽게 다시 다듬어 주는 행위는 와이프가 아니면 하기 어려운 행동인데, 그것을 자연스럽게 하고, 지사장 또한 부담을 전혀 느끼지 않는 듯 보였다.
상수는 이 연회장에 와 있는 직원들 중 누군가는 북한과 연루된 직원이 있다는 확신 때문에 한 명, 한 명 눈여겨보고 있었다.

상수는 퇴근 후 쇼핑센터 태권도장에 들러 관장에게 센터 내 꽃 가게 주인을 아느냐고 물었다.

"글쎄요, 여기 한인들이 운영하는 가게들은 전부 다 서로 연락을 하고 지내지만 저 꽃 가게 여사장은 우리와 전혀 안 어울립니다. 한국에서 온 분이 맞기는 맞습니다만⋯."

상수는 CNC 실무 담당 부장과 기념 파티장에서 인사도 나누고, 얼굴도 익혔다. 텔렉스 담당 여직원이 출근하기 전에 30분 먼저 출근하여, 텔렉스 주문서를 여직원 보기 전에 일차적으로 확인한다. 그리고 오퍼 시트(발주서) 발행도 함께 체크하는 것이 일과처럼 되었다.

서울 안기부 본부 정보에 따르면, CNC 정밀가공 선반기계 A/S 부품 주문을 하면 틀림없이 그 CNC 담당자에게 지사장이 연락을 할 것이고, 그때부터 누군가 연관이 되어 있는지 알 수가 있다.

매일매일 CNC 담당자를 주시하고 있던 와중에 어느 날 지사장이 룸에서 CNC 담당자와 제법 긴 시간 미팅하는 장면을 목격하게 되었다.

그날 상수는 CNC 담당 김현태 부장과 정호철 부장에게 퇴근 후 특별한 일 없으면 집에서 식사 한번 대접하고 싶다고 했다. 서로 일정을 조율하고 금요일 날을 택했다.

상수는 출장 요리사를 불러 나름대로 정성껏 차렸다.

"두 부장님들! 내일 토요일입니다. 오늘 편하게 마음껏 드시지요!

입에 맞을지 모르겠습니다."

"야, 이거! 이 과장 다음 달 월급 가불하는 것 아니야?"

상수는 전번 달 과장 직함을 받았다.

"자! 오랜만에 허리띠 풀고 한번 취해봐야겠네요!"

CNC 담당 김현태 부장도 한마디 거든다.

술이 몇 순배 돌고, 서로서로 마음속에 있는 불평불만을 터트리기 시작한다. 원래 술이란 게 스트레스 해소용으로는 최고의 명약이다. 그중에서도 지사장 '박수길'에 대한 불만이 대다수였다. 상수도 모른척하며 거들어 준다.

"저는 잘 모르지만, 전번 20주년 파티 때, 꽃 담당하는 그 여자분하고 지사장님 가까운 사이 같아 보였어요!"

그러자 둘은 기다렸다는 듯이

"아, 이 과장 모르는구나! 이미 회사 사람들 모르는 척할 뿐이지 그렇고 그런 사이라는 것 다 알아! 전번 휴가 때 한국 출장 간다고 회사에는 속이고, 둘이 파리 여행 가고 뭐 그런 사이지!"

"혼자 이국 타향에 와 있으니 여자 살냄새가 그립겠지! 안 그래? 이해는 가! 거기에다 미인이지, 똑똑하지!"

"서울 사모님은 전혀 모르고 있을걸! 참 여기 이 과장도 모르잖아!"

모두 크게 웃었다.

"들리는 바에 의하면, 그 여자 남편 베를린에서 사업하고 있다는데, 왜 여기 프랑크푸르트에 따로 사는지 몰라? 그 꽃 가게 얼마나 번다고?"

상수는 이때다 싶어, 자연스럽게 회사 업무 얘기를 했다.

"김 부장님! 요즈음 CNC 주문 들어온 것 있습니까? 저도 그쪽에 영업 한번 해보려 합니다만!"

"좋지요, 언제든지 내 사무실로 와요! 품목만 다르지 같은 회사 일인데 뭐! 그렇지 않나요? 정 부장님!"

"그럼요, 그럼요."

"참, 아까 CNC 주문 온 것 있냐고 그랬죠? 몇 건 안 돼요! 선반

완제품 1대 하고, 돈도 안 되는 A/S 부품들."

"부장님, 월요일 바로 차 한잔 마시러 가겠습니다."

상수는 이제 그 A/S 부품 수출 경로만 찾아 따라가면 회사 내 북한 연루 직원을 찾을 수 있다고 판단했다.

월요일 출근과 동시에 상수는 CNC 김현태 부장 사무실에서 CNC 관련 서류들을 복사해 달라 하고, 차를 마시면서, 이런저런 업무 얘기를 했다.

"부장님 다른 품목들 포워딩 회사가 같은데, 이 부품만 별도로 되어 있네요?"

"아, 그 건은 지사장님이 직접 챙기는 거야! 자기가 알아서 한다고, 내야 편하지!"

"여기 이 날짜가 선적 날짜네요!"

"그렇지요. 그 날짜에 그 주소 창고로 입고를 해달라고 하더라고! 함부르크항 가까운 창고라고 하던데!"

상수는 소니 캠코더를 챙기고, 함부르크 그 창고 주변에 몸을 숨길만한 장소를 물색하고, 해당 전날 차 안에서 꼬박 밤을 새웠다.

다음 날 오후 그 창고 문이 열리고, 화물차들이 들락날락한다. 40피트 컨테이너 4개가 들어가고, 순서대로 화물들을 그 컨테이너 안에 적재하고 있었다. 상수는 새벽녘에 창고 지붕으로 올라가 지붕을 지탱하고 있는 굵은 철근기둥과 서까래 사이에 몸을 숨기고 모든 것을 촬영하고 있었다.

그러던 중 상수는 놀라서 천장에서 떨어질 뻔하였다.

벤츠 승용차가 들어오고, 승용차 안에서 내리는 도연수를 본 것이다.

'아니, 왜? 꽃집 여자가 여기를.'

비슷하게 생긴 다른 사람일 수도 있다는 생각에 그 여자를 다양한 각도로 촬영하였다. 고급 승용차, 빨간 십자 마크 그려진 의약품 박스들, 흰 천으로 덮여진 팔레트 5개, A/S 부품들, 그리고 입구는 독일 맥주로 가득 채운다. 컨테이너 문을 닫고, 납으로 된 자물쇠를 걸고 봉한다. 쉽게 얘기하면 독일 맥주 수출로 위장한 것이다.

상수는 급히 함부르크 시내 공중전화에서 영국 지부에 전화를 했다. 자신의 코드 912771을 누르고, 상황 보고를 하였다.

"3일 후 출항입니다. 이 컨테이너 어떻게 처리할까요? 그리고 북한 연루자를 바로 찾을 수 있을 것 같습니다. 이 컨테이너 처리 방법부터 빨리 알려주길 바랍니다."

1시간 후 다시 연락하라는 답을 듣고 커피숍에서 기다렸다.
다시 영국 지부에 연락하자,

"그 컨테이너 독일 관세청에 익명으로 밀수출한다고 고발하라!"

지부로부터 명령을 받은 상수는 바로, 함부르크항 관세청에 도착, 캠코더 녹화 테이프와 KDO 포워딩 회사의 수출 서류들(인보이스 및 패킹 리스트)을 함께 넣은 박스를 직접 관세청 입구 경비에게 전달하였다.

"이 건은 밀수출에 관한 제보입니다."

중요한 서류이니 꼭 관세청 담당자에게 전달해 줄 것을 당부하였다.

일상으로 돌아온 상수는 출근과 함께 지사장의 일거수일투족을 감시하기 시작하였다. 며칠이 지나고, 오전 10시쯤 TV를 켜자 밀수출에 관한 뉴스가 짤막하게 나왔다. 큰 뉴스거리는 아니니 지나가는 단말마 뉴스였다.

"모든 컨테이너들을 압류했으며, 밀수출에 관한 자세한 경위를 조사하고 있다."

하지만, 지사장 박수길은 얼굴색이 하얗게 변하며, 당황하는 빛이 역력했다.
어디에선가 전화를 받고, 헐레벌떡 사무실을 나간다.
상수도 뒤따라 나섰다. 차를 급히 몰고 도착한 곳이 놀랍게도 그 쇼핑센터였다.
지사장은 쇼핑센터 입구 레스토랑에서 초조하게 누군가를 기다리고 있다.
상수도 건너편 옷 가게 입구에서 그 레스토랑을 지켜보고 있었다.

조금 지나자 도연수가 지사장 앞에 나타났다. 그때 그 창고에서 보았던 옷차림 그대로였다. 이제야 사건의 퍼즐이 모두 맞춰지는 것 같았다.
도연수-박수길 둘의 작품이다.

도연수는 박수길을 질타하고 있다.

"아니! 도대체 어떻게 된 겁니까? 지금 베를린에서 난리 났습니다. 압류된 물품도 물품이지만, 베를린 자금으로 구입한 건데, 최소 그 자금이라도 돌려주어야 합니다."

박수길 또한 거세게 항의를 하고 있다.

"뭐가 그 전부터 이상했어! 그 A/S 부품 말고 뭐가 들어 있어? 왜 밀수출을 해? 내가 이 일 그만둔다고 몇 번이나 얘기했잖아! 바로, 독일 경찰이 조사하러 나올 텐데. 밀수출에 가담했다고! 나도 이제 끝이야. 사표 내야 한다고! 그리고 그 큰돈이 어디 있어! 베를린 있는 그 회사 뭐 하는 회사야? 진짜 사촌 오빠 회사 맞아? 말레이시아 갔다가 북한 가는 것 아니야?"

그러자 도연수는 정색을 하며,

"지금 그런 것 따질 때가 아닙니다. 이 일 잘못 해결하면 우리 둘 다 죽어요!"

박수길은 갑자기 죽는다는 살벌한 말이 나오자 놀라서 더 이상 말이 나오지 않는다.

"아니, 갑자기 왜, 왜 그래?"

사시나무 떨듯 더듬거리고 있다.

"앞으로 우리가 살길은, 누가 독일 관세청에 제보했는지 찾아내는 일입니다. 나는 KDO 포워딩 회사 쪽 알아볼게요! 지사장님은 대호물산 회사 쪽 알아보세요!"

지사장 박수길과 꽃 가게 주인 도연수는 땅이 꺼져라 한숨을 쉬면서 넋을 잃고 멍하니 한참을 앉아 있었다.

지사장과 헤어지고 꽃 가게로 돌아온 도연수는 또 한 번 놀랐다. 북한 대사관 내 조선로동당 중앙위원회 제35호 정찰총국 소속 독일 책임자, 총책 김상철이 와 앉아 있는 것이다.

순간 도연수는 '이 컨테이너 압류사건은 보통 큰 사건이 아닌 모양이다. 얼마나 중대한 사건이면 여기까지 직접 내려왔을까?'라고 생각했다.

"동무, 어디 갔다 오는 거요!"

"예, 지사장 박수길을 만나고 오는 길입니다. 그 정보를 독일 관세청에 제공한 놈 찾아내라고 했습니다."

"동무! 그 컨테이너 안에는 1호 물품도 들어 있어! 독일 경찰 조사 들어가기 전에 고리부터 끊으세요!"

"예, 무슨 말씀인지?"

"말귀를 못 알아들어?"

김상철이 갑자기 책상을 치면서 고함을 지른다.

"동무! 그 박수길이를 제거하란 말이요! 그리고, 베를린으로 복귀해! KDO 포워딩 회사 직원들도 조금 전에 모두 철수시켰어!"

조금 지나자, 한 건장한 젊은 친구가 나타났다. 김상철에게 깍듯이 허리를 굽히고 인사를 한다.

"여기 여성 동무와 같이 독일 경찰 조사 들어가기 전에 일을 처리해야 한다."

"예, 총책 동무!"

대답 외에는 말이 없다. 체격이 보통이 아니다. 그냥 얼굴만 쳐다봐도 주눅이 들 만큼 강하게 생겼다.

"우선, 누가 독일 관세청에 제보했는지? 그것부터 알고 박수길이를 제거하는 게…."

도연수는 어떻게든 박수길 처리를 조금이라도 늦게 하면서, 살릴 수 있는 방법을 찾아보자는 생각이다.

"말이 되는 소리를 하라고! 만일, 내일이라도 경찰이 박수길이를 불러 조사 들어가면 다음 단계는 바로 동무 차례야! 우선, 그 친구부터 없애야 해! 딴말 말아! 제보자 찾는 건 다음이야!"

상수는 길 건너편 차 안에서 소니 캠코더에 망원경을 달고 이 광경을 녹화하고 있었다.

지사장 박수길은 출근과 함께 CNC 담당 김현태 부장을 불렀다.

"전번 CNC A/S 부품 주문서 누구한테 보여준 적 있어? 그 부품들 운송 중에 절도를 당했다 하네."

"아니, 훔칠 게 없어서 그 A/S 부품을 가져가요? 글쎄요, 그 주문서하고 절도하고 무슨 상관이 있는지 모르겠습니다."

"잘 생각해 봐, 관심 가졌던 직원 누구 있었는지?"

이해를 할 수가 없다며 고개를 갸웃거리고는

"있기는 있었습니다만, 맞아요, 그 발주서 받고, 수출 서류 복사해 달라 해서 주었는데! 자기도 CNC 선반 다른 나라에 수출해 본다면서."

"누가! 누군데!"

"그 새로 온 친구 이상수 과장입니다."

"다른 사람은 없었고?"

"예, 없었어요."

한편 상수는 아침 출근 전, 지금까지 상황을 런던 지부에 보고하고, 다음 지시를 기다리고 있었다. 답변이 왔다.

'압류된 그 컨테이너에 1호 물품들이 포함되어 있다. 지사장 박수길 신변이 위험하다. 지사장을 적극 보호하고 가능하면 빠른 시간 내에 한국으로 귀국하도록 종용할 것, 지사장 조사는 한국에서 할 예정'

상수는 휴대용 통신장비, 권총 등을 챙기고, 급히 차를 몰고 사무실로 갔다.

건물 입구에 들어서자 경비가 지사장님이 급히 찾는다면서, 바로 올라가라고 한다.

'지사장 이제 똥줄이 타들어 가는 모양이구나.'

문 열고 들어오는 상수를 보고, 다짜고짜 묻는다.

"이상수! 당신이 함부르크 관세청에 제보했어?"

상수는 사무실 창문 스크린 롤을 내리고, 정색을 한 다음,

"자, 여기 앉으시죠. 지금부터는 제가 시키는 대로 따라야 합니다. 난, 당신을 도우러 기관에서 파견된 사람입니다."

상수의 카리스마 넘치는 말과 행동을 보고, 박수길은 금방 살려 달라고 애원하는 자세로 바뀌었다.

"응? 이 과장! 아니, 예! 예!"

"지사장님, 빠른 시일 내에 한국으로 귀국해야 합니다. 그때까지 제가 경호해 드리겠습니다."

"아니, 그렇게 갑자기, 이유라도 설명을…!"

몸과 입술이 떨리면서 말을 제대로 이어가지를 못한다.

"그 컨테이너에 CNC 공작기계 A/S 부품뿐만 아니고, 1호 물품들도 같이 실려 있어요. 아시죠? 1호 물품! 김일성, 김정일 식구들이 쓰는 물품들이에요! 이게 다 독일 관세청에 압류되었으니, 관련된 모든 사람들이 위험합니다. 도연수 하고는 어떤 관계입니까? 어쨌든, 지사장님 잘잘못은 한국 가서 조사받으시면 되고, 여기 이 빌딩 나가는 순간부터 지사장님 생명은 위험합니다."

"아, 예 그러면 지금이라도 집에 잠깐 들러 여권하고 몇 가지 중요한 것 챙겨서 나올게요."

상수와 지사장은 바로 지사장이 머물고 있는 시내 아파트로 향했다. 말이 아파트이지 3층짜리 고풍 서린 분위기 있는 석조건물이다. 사무실에서 10분 거리에 있다.

"참, 만일을 대비해서 여기 발신 장치가 있는 볼펜을 드릴게요. 안쪽 주머니에 꽂아두세요. 위험을 느낄 때 꼭지를 누르면 됩니다. 지금 한번 눌러보세요!"

꼭지를 누르자 상수가 가지고 있는 휴대용 무선 통신장비 모니터에서 지도가 펼쳐지고 빨간 점이 도로를 따라 움직였다.
안쪽 주머니에 볼펜을 꽂았다. 그 볼펜을 보고 지사장 박수길은 전적으로 상수를 신뢰하게 되었다.

"정말, 미안합니다. 정말! 그 도연수란 여자에게 빠진 제가 미친 놈이지요! 몇 번 물건 구매하는 것 도와주다가 의심이 들기는 했습니다만… 사연 많고 불쌍한 여자거든요! 그렇게 직접적으로 북한과 연루되어 있는지는 몰랐습니다. 다만, 베를린에서 말레이시아와 무역하고 있는 사촌 오빠를 도와주어야 한다 하고, 죽은 남편이 그 오빠에게 피해를 많이 주고 자살했다고 하더라고요. 그래서 저는 그 말만 믿고 하나둘 구매해서 그쪽에 넘겨주었지요. 직접 하라니까 직접 못 하는 그럴만한 사정이 있다 해서 의심을 했지만, 딱, 한 번만 더! 한 번만 더! 그러다가 여기까지 왔어요."

그러고는 목이 잠기는지 더 이상 말을 잇지 못한다.
집에 도착하자

"제가 같이 따라 들어가겠습니다."

"아니, 금방 챙겨서 나올게요!"

상수는 차라리 집 입구에서 지켜보고 있는 게 낫겠다는 생각도 들었다.

지사장이 문을 열고 집으로 들어서자 도연수가 거실 소파에서 일어나 걸어온다.
도연수와 가끔 집에서 밀회를 즐길 때도 있었다. 그만큼 도연수는 자신의 집처럼 연락도 없이 방문하곤 했었다.
그렇지만 오늘은 상황이 상황인지라 화들짝 놀라며 뒷걸음치며 묻는다.

"언제 왔어?"

그 말을 하자마자, 뒤에서 건장한 젊은 친구가 나타나 지사장의 코에 마취 손수건을 힘 있게 누른다. 잠시 1분이 지났을까 지사장은 축 늘어지고, 도연수는 부축하듯이 지사장의 겨드랑이를 끼고, 준비한 휠체어에 태웠다. 그 젊은 공작원과 함께 뒷문을 통해 작은 정원을 지나 뒷골목에 주차해 둔 승용차에 태웠다. 이 집을 떠나는 데 채 10분도 걸리지 않았다.

상수는 10분 정도 지나도 지사장이 나오지 않자, 갑자기 불안해지기 시작했다. 설마 이렇게 빨리 실행에 옮기지는 않았을 텐데… 그래도 싶어 급히 지사장 집으로 올라갔다. 1층이라 계단 5~6개만 올라가면 된다. 문손잡이를 살짝 미니, 쉽게 열린다. 집 거실과 통하는 뒤편 베란다가 있는지 몰랐다. 베란다 문은 열려 있고, 집 어디에도 지사장은 보이지 않는다. 상수는 허탈 그 자체였다. 서두른다고 서둘렀는데도 북 공작원들에게 먼저 기습을 당했다. 지금 바로 런던에 보고하기도 그렇고, 이제 지사장의 볼펜 위치 추적기가 켜지기만 기다리고 있다.

베를린에서 파견된 젊은 공작원은 뒷좌석에 누워 있는 지사장을 태우고, 시내를 벗어나 외곽으로 한참을 달리고 있었다.

"저, 지사장님 목숨만은 살려주세요! 제가 물품 구매 리스트 주면 회사 명의로 사서 저에게 되파는 방식으로 해서 그동안 별 탈 없이 잘 해왔는데, 그 물품이 어디로 가는지 저 사람은 자세히는 잘 몰라요!"

도연수는 그래도 2년 가까이 정을 나눈 사이이고, 아무리 독일 파견 전에 '모든 것에 당이 우선한다.'는 사상교육을 철저히 받았지만, 독일 생활 3년이 지나면서 그 주체사상도 점점 옅어지기 시작하였다.

"잘 알갔소! 동무! 조금 있으면 책임자 동무 만납니다. 저 지사장에게 관세청 제보자가 누구인지 추궁해 보고 순순히 알려주면 그쪽 책임자 동무에게 한번 사정해 보라우요."

20분쯤 지났을 무렵 지사장은 의식이 돌아왔다. 하지만 양손은 앞에서 끈으로 단단히 묶여 있다. 그냥 의식이 없는 것처럼 몸을 그 상태 그대로 있었다. 그래서 그들이 하는 말을 어렴풋이나마 들었다.

'이제 죽었구나!'

순간 상수가 준 발신 장치가 부착된 볼펜이 생각났다. 적절한 시기에 저들 모르게 눌러야 된다.
시골길에 접어들자 도로가 울퉁불퉁하면서, 승용차가 출렁대기 시작한다. 갑자기 급브레이크를 밟는다. 이때다 싶어 자연스럽게 몸을 앞으로 숙이고, 양복 주머니 볼펜 꼭지를 눌렀다. 그러고는 다시 몸을 뒤로 젖혔다.
눈을 뜨고, 이제야 정신 차린 사람처럼

"연수! 왜 그래! 여기는 어디야? 내 손부터 풀어줘, 피가 안 통해, 너무 아파!"

도연수는 돌아보지 않고, 말없이 앞만 보고 있다.

"입 다물라, 간나 새끼! 죽기 싫으면 입 다물라!"

북측 젊은 공작원의 말에 더 이상 입이 떨어지지 않는다.

도시 외곽 폐농가 창고에 도착했다. 창고 문을 열고 그 안으로 차를 주차한다.

지사장을 작은 의자에 앉히고, 입에 테이프를 붙였다. 도연수는 차마 못 보겠는지 차에 계속 앉아 있었다.

10분도 채 지나지 않은 시간에 창고 밖에서 차량 엔진 소리가 들린다.

창고 문을 열고 들어서는 중년의 남자, 유럽에 파견된 북한 공작원 중 최고의 베테랑 공작원 '김필호'였다. 그 모습은 마치 한 마리 맹수와 같다. 깡마른 체구에 눈에 살기가 번득인다.

도연수도 차 밖으로 나왔다. 베를린 젊은 공작원과 함께 목례를 하였지만 눈 한 번 마주치고는 성큼성큼 지사장 앞까지 온다. 그리고

"도연수 동무도 이리 가까이 오시오! 어이! 지사장 동무! 시간 없소! 제보자가 누구요! 알려주면 살 수 있고, 모르면 죽음이요."

그러고는 발목에 차고 있던 예리한 군용 칼을 꺼낸다.

한편, 상수는 초조하게 발신 장치 신호가 뜨기만 기다리고 있었다. 한 20분 경과 후 드디어 휴대용 무선 모니터에서 삐삐 소리가

나면서 빨간 점이 움직이기 시작한다.

급히 지도를 펼치고, 가장 빠른 길을 택했다. 시내를 빠져나오자마자 고속도로에 올리면 20분 내에 도착할 수 있는 거리이다.

북측 납치 공작원은 이쪽 지리가 익숙하지 않은지 고속도로를 경유하지 않고 일반도로를 택해서 가고 있었다.

상수는 최고의 속도로 달렸다. 단 1분이라도 빨리 달려야 한다. 지사장 생명이 달려 있다.

"살려주십시오. 전 아무것도 모릅니다. 새로 온 직원이 제보한 것 같습니다."

"누구요? 이름을 말하라!"

"이름은 이상수! 들어온 지 6개월 정도 되었고, 서울 본사에서 직접 파견 나온 친구라서 잘 모릅니다."

지사장은 살려준다는 말에 있는 그대로 다 털어놓았다.
이상수 이름을 듣자, 책임자 김필호는 바로 밖으로 나가, 차량에 설치된 무전 통신기로 어딘가에 급히 통화를 하고 다시 돌아온다. 아마, 이상수 신원조회를 부탁했을 것이다.

"도연수 동무, 지금 35호실이 발칵 뒤집어졌소. 이번 컨테이너에는 당 창건 45주년 행사에 쓸 당 간부, 원로들에게 선물로 줄 롤렉스시계, 고급 위스키, 코냑, 벤츠 그리고 1호 물품들이 들어 있었단 말이요. 절대 그냥 넘어갈 수 없는 사건이요. 누군가는 책임을 져야 되는 중차대한 사건이요."

이 말을 듣고 있는 도연수는 모든 것을 포기한 사람처럼 보였다. 그동안 해외 파견 공작원들의 작은 실수도 용납 않는 그 행태를 잘 알고 있기 때문이다. 그런데 이렇게 큰 실수를 저질렀으니!
영문도 모르는 지사장은 살려달라는 말만 되풀이하고 있다.

김필호는 시계를 보더니 다시 창고 밖으로 나가 무전 통신을 하고 돌아왔다.
그리고 젊은 공작원에게 귓속말로 뭐라 한다.

젊은 공작원은 도연수에게 다가간다. 도연수는 뒷걸음치고, 달아나려 하자 바로 제압을 당한다. 양팔을 뒤에서 꽉 움켜쥔 그 힘에 도연수는 조금도 몸을 움직일 수 없게 되었다.

"동무! 공화국영웅 칭호를 추천하겠소. 내 약속하리다. 평양에 있는 아들에게 엄마는 미 제국주의 간나들과 싸우다 공화국을 위해 죽었다고 전해주겠소!"

그러고는 마취 손수건을 입에 대고 한참을 있는다. 축 처진 도연수를 승용차 앞좌석에 앉히고, 다음은 몸부림치는 박수길 또한 마취를 하고 승용차 운전석에 앉혔다.

"동무! 잠깐만, 기다리시오. 내 차에 가서 고무호스 가져오갔어! 동반 자살로 꾸미라는, 베를린 김상철 총책 동무의 지시요! 제보자 이상수는 베를린에서 알아서 처리한다고, 둘의 죽음이 확인되는 대로 바로 철수하라는 명령이오!"

"예, 알갔습네다!"

젊은 공작원은 큰 소리로 대답한다.

시동을 걸고, 가져온 고무호스를 차 배기통에 꽂고, 배기가스가 차 실내로 들어오도록 호스를 연결했다.

상수는 폐농가 창고와 조금 떨어진 도로에 차를 세우고, 권총과 탄창을 챙긴 다음, **빠른 걸음으로** 창고에 접근했다. 오래된 폐농가 창고라서 곳곳에 구멍이 나 있었다. 그 구멍 난 틈새로 내부를 보았다. 승용차 안으로 배기가스 넣는 것을 목격하고는 순간 크게 당황하여 어떻게 해야 할지 도무지 생각이 나지 않았다. 5분이면 둘은 죽는다.

어떻게 하지? 런던 지부에 전화할 시간도 없다. 무기라곤 권총 하나 달랑 있다. 경찰에 신고하기에도 너무 늦었다.

상수는 창고 밖에 주차해 있는 북측 공작원의 승용차 바퀴, 유리창에다 총을 쏘았다. 큰 굉음과 함께 총소리, 승용차 타이어 터지는 소리, 창문 깨지는 소리가 조용한 들판에 메아리 되어 퍼져나간다.
도연수와 지사장의 죽음을 지켜보고 있던 북측 공작원 둘은 화들짝 놀라며, 창고 밖으로 뛰쳐나오면서 총 하나씩 꺼내 들고 전투태세에 들어갔다.

이 틈에 상수는,
오래된 창고이다 보니 창고 기둥과 벽 사이에 벌어진 틈이 많았다.
도연수와 지사장이 타고 있는 승용차 뒷좌석 유리창을 향해 여러 번 총을 쏘았다.
뒤쪽 유리창이 깨어지고, 유리창으로 배기가스가 나오기 시작했다.
그러고는 특수훈련 때 배운 저격 방법을 여기서도 활용하기로 했다. 바닥에 '엎드려 쏴' 자세를 취하고, 그들이 나타나기만 기다리고 있었다.

총소리 듣고 창고 밖으로 나온 그들은 창고 귀퉁이 쪽으로 조심조심 총소리 나는 곳을 찾아 나섰다. 북측 젊은 공작원은 창고 귀퉁이를 돌자마자, 20여 미터 떨어진 곳에서 엎드려 있는 상수를 발견했다. 하지만 이미 늦었다. 바닥에 바짝 엎드린 상수를 공격하기에 사격 목표를 잡기가 쉽지 않았다. 순간 상수의 총이 먼저 불을 뿜었다. 북측 공작원의 가슴을 관통하자 그 자리에 고꾸라진다. 이제 한 명만 남아 있다. 상수는 이미 총알을 다 쓰고, 새 탄창으로 바꾸었다. 마지막 6발이다. 노련한 김필호는 함부로 움직이지 않는다. 8군단에서 특공훈련만 3년간 받았다. 총, 칼을 능수능란하게 다룰 뿐 아니라 근접격투에서는 누구보다 자신 있다.

상수는 일어나서 창고 옆 큰 나무 뒤로 몸을 숨겼다. 김필호는 창고 귀퉁이를 엄폐 삼아 조금씩 신체를 드러낸다. 그러면서 바로 상수가 있는 큰 나무를 향해 연발로 총을 발사하고, 상수 또한 총을 쏘아대지만, 총알은 비껴 나간다. 김필호 또한 맞은편 오래된 큰 나무 뒤에 몸을 숨기고 상수를 지켜보고 있다. 이제 서로서로 어느 위치에 숨어 있는지 알게 되었다.

몇 번 더 기회를 노리고 총을 쏘았지만, 허사였다. 그러자 마지막 남은 한 발마저 빗나가고 상수는 이제 선택의 여지가 없게 되었다. 상대 김필호의 총알이 떨어지길 기다리거나, 총을 뺏거나 하는 두 가지 길밖에 없다.

김필호는 상수의 총알이 떨어진 것을 눈치채고, 조금씩, 조금씩 상수 쪽으로 발걸음을 옮기고 있다. 상수의 옆모습이 보이자 총을 쏘았지만 빗맞고, 나무를 주변으로 빙글빙글 돌면서 숨바꼭질하는 형국이 되었다. 그러자 그 또한 총알이 다 떨어지고, 상수가 들으라고 큰 소리로 외친다.

"자, 이제 맨손으로 한판 붙자구! 간나 새끼!"

그러면서 상수가 숨어 있는 나무를 향해 총을 던진다. 상수는 살짝 고개를 내밀고 그를 보았다. 일단 빈손이다. 상수는 일대일 격투에는 자신 있다.
마주친 둘은 말이 없다. 이제부터 누군가 한 명은 죽어야 한다. 어쩌면 이것이 한반도의 운명과 같을지도 모른다.

누가 먼저랄 것도 없이, 주먹, 발들이 격렬하게 부딪힌다. 때리고, 맞고, 피하고,
시간이 지나면서 상수가 밀리기 시작한다.
상수는 지금껏 본의 아니게 많은 격투를 해보았지만, 이렇게 강한 친구는 처음이었다. 힘이 점점 빠지면서, 행동이 둔해지고, 이 틈에 가슴 급소를 심하게 맞았다.
저만치 바닥에 나가떨어졌다. 가슴을 움켜쥐고, 고통에 휩싸인다.

'아, 이렇게 죽는구나!'

상수에게 순간 주마등처럼, 지난 10여 년 동안 꼬여버린 인생의 추억들이 지나간다.

김필호는 숨을 헐떡이고 누워 있는 상수를 보고, 이제 마지막 숨을 끊어놓기 위해 발목에 차고 있던 칼을 꺼낸다.
상수는 눈을 감았다. 저항할 힘도 없다.

갑자기 가까운 곳에서 총소리가 들리고, 김필호의 몸이 휘청거리면서 상수 몸 위로 덮쳐진다. 김필호의 몸을 밀치고, 앞을 보니 저만치에서 도연수가 총을 들고 서 있었다.

도연수는 달려와, 상수를 부축하고는

"다친 데는 없습니까?"

도연수와 지사장은 마취가 된 상태에서 차 안의 배기가스를 마시고, 죽음의 문턱까지 갔지만, 상수 덕분에 살아났다. 정신을 차리고 주변을 살피자 그 총책임자와 베를린 젊은 공작원은 보이지 않고, 창고 밖에서 총소리만 요란하게 들린다. 조금 지나니 지사장도 깨어나고, 한동안 멍하니 있더니, 옆에 도연수가 있는 것을 확인하고, 그제야 현 상황이 파악되는지

"연수야, 나 좀 살려줘."

"지사장님, 빨리 여기서 나가야 해요."

둘은 차를 빠져나와 조심스럽게 반쯤 열린 창고 문을 비집고 나왔다. 총소리는 더 이상 나지 않고, 거친 숨소리와 격투를 하는 듯한 소리가 들리고, 도연수가 창고 모퉁이를 돌아보니, 발밑에는 젊은 공작원이 총에 맞아 죽어 있고, 저 30여 미터 정도 떨어진 곳에서 상수와 김필호 둘이 한창 목숨을 건 격투를 하고 있었다.

그때 상수가 김필호의 주먹에 일격을 맞고, 쓰러지는 것을 목격했다. 도연수는 순간, 상수가 죽으면 자신들도 저 김필호 손에 죽는다는 생각이 스쳐 지나갔다.
쓰러진 젊은 공작원의 권총을 잡았다. 그리고 망설임 없이 그 김필호를 향해 총을 쏜 것이다.

도연수는 상수를 부축하고 나오면서

"그냥 이대로 빠져나갈까요?"

상수는 어느 정도 숨을 다스리게 되었다.

"잠깐, 정리는 좀 하고 떠납시다."

 모두 차에 묻은 지문을 다 지우고, 단서가 될만한 작은 부스러기까지 청소하였다. 이 모든 과정을 지켜본 지사장 박수길은 다리가 떨리고, 가슴이 콩닥거려 숨도 제대로 쉴 수가 없다. 반쯤 정신이 나가 있었다.
 다정한 연인이었던 과거의 도연수가 아니었다. 자기를 죽이려고 북한 공작원과 함께 납치를 하고, 눈 하나 까딱하지 않고 총을 쏴서 북측 공작원을 죽이는 냉혹한, 킬러로밖에 보이지 않는다.
 도연수가 이끄는 대로 넋 나간 좀비처럼 질질 끌려다닐 뿐이다. 그야말로 일반인이 겪기에는 살벌함 그 자체였다.

 먼 곳에 주차해 둔 상수 차를 타고, 고속도로를 달려 프랑크푸르트 시내로 접어들었다. 주유소 들러 간단한 음료수를 샀다. 한적한 도로 길가에 주차를 하고 서로 안도의 한숨을 쉬었다. 그제야 상수는 긴장이 풀리면서 온몸이 안 아픈 데가 없다. 팔다리 머리, 특히 갈비뼈가 상했는지 큰 숨을 들이쉬면 가슴에 통증이 심하게 몰려온다. 이를 본 연수는

 "어디 들러 치료부터 해야 될 것 같습니다! 과장님이 우리 둘 생명을 구해주셨네요! 이 은혜 잊지 않겠습니다."

"무슨 말씀을, 도연수 씨가 오히려 제 목숨 구해주었어요! 여기 차에 잠깐만 계세요. 전화 한 통 하고!"

상수는 런던 지부에 전화를 했다. 그동안 상황을 간단히 설명하고, 당분간 피해 있을 만한 장소를 알려 달라 했다. 10분 후 다시 전화를 했다. 서독 관할 베를린에 있는 안가를 추천받았다. 420km나 되는 고속도로를 그들은 하루를 꼬박 달렸다. 베를린 시내에서 완전히 벗어난 외곽에 돌로 지은 오래된 건물이었다. 셋은 여장을 풀자마자 깊은 잠에 빠졌다.

상수는 밤새 앓았다. 갈비뼈가 붓고 있는 것이다. 아무래도 뼈가 심하게 금이 간 것 같았다. 몸은 불덩이처럼 열이 오르고, 이제는 움직이기 어려울 정도로 악화되고 있었다. 의식도 가물가물해진다.

다음 날, 초인종이 울려서 지사장이 나가보니, 상수를 잘 아는 지인이라며 인사를 한다. 그는 상수와 단둘이 의논할 게 있다면서 지사장과 연수에게 자리를 피해 달라 한다. 한 30여 분이 지나고 밖으로 나온 그에게 연수는 왕진 의사를 부탁하였다.

의사가 다녀가고, 3일째부터 몸이 점차 회복되기 시작하면서 식사도 하고, 일어나 씻을 수도 있게 되었다. 어느새 베를린에도 가을의 끝자락에 와 있다.

제2장

공작원 도연수

상수의 금이 간 갈비뼈는 조금씩 아물어 가고, 식탁에 앉아 차를 마실 정도로 몸이 회복되었다. 상수는 지사장 박수길과 도연수, 셋이 함께 식탁에 앉아 상부로부터의 지시사항을 전달했다.

"아마 내일 정도 안기부 요원 2명이 여기로 올 예정입니다. 지사장님 귀국을 도와줄 겁니다. 가서서 지난 일들 있는 그대로 설명하시고, 죄가 있으면 죗값을 치르시고, 아마 제 생각에는 북한 공작원에게 속아 했던 일이니 크게 문제는 안 삼으리라 생각합니다만."

지사장은 상수의 얘기를 듣는 동안 도연수의 얼굴을 번갈아 보며, 땅이 꺼져라 한숨을 쉬면서 모깃소리만 하게 "죄송합니다. 잘 알겠습니다."만 반복한다.

다음 날, 2명의 안기부 요원이 지사장을 데리러 왔다. 떠나는 지사장에게 상수가 한마디 한다.

"지사장님! 한국 가서도 당분간 몸조심하세요!"

도연수는 그동안 북한 지령에 따라 지사장을 포섭하고, 거짓 사랑을 했던 것이 미안했는지, 방 안에서 나오지를 않았다. 지사장이 떠나고 도연수와 마주 앉았다.

"지사장이 있을 때 말을 전달 못 했습니다만, 상부 지시로는 도연수 씨가 한국으로 망명하는 수순을 밟는 게 좋겠다고 합니다. 유럽에서 암약하고 있는 북한 공작원들 동향, 최근의 35호실 분위기 등 북쪽 정보를 많이 가지고 있다고 생각하나 봐요!"

상수는 숨쉬기가 힘든지, 잠깐 한숨을 돌리고 다시 얘기한다.

"지금 어차피 북으로는 돌아갈 수 없잖아요? 아마, 지금쯤 도연수 씨 찾느라 혈안이 되어 있을 것 같은데…."

상수의 말을 듣고 있던 연수는 깊은 한숨을 내뱉고는 말문을 열었다.

"저를 살려주시고, 또 망명할 수 있도록 배려해 주시는 과장님 은혜는 결코 잊지 않겠습니다. 하지만 저는 이제 남쪽이든, 북쪽이든 어느 쪽도 갈 수가 없게 되었습니다. 사실 평양에 제 5살 먹은 아들과 부모님은 인질 형태로 잡혀 있고, 남편은 정치범 수용소에 있습니다. 그 이유는 시간 날 때 차차 말씀드릴게요. 5년 동안 유럽에서 성공적으로 과업을 끝내면 북으로 돌아가 남편과 아이를 볼 수 있다는 약속을 받고 여기 왔습니다만, 남한으로 망명했다는 사실을 아는 순간 제 가족들은 정말 비참하게 죽을 게 뻔합니다. 어떻게 해야 할지 정말 모르겠습니다."

그리고 고개를 돌려 창문을 응시하면서 말을 이어간다.

"특히 베를린 북한 대사관에 있는 정찰 총책 김상철은 지금쯤 모든 공작원들을 풀어서 저를 죽이려 할 거예요! 제가 웬만한 공작원들 신상정보는 다 알고 있거든요!"

듣고 있던 상수는 눈을 감고 깊은 생각에 잠겼다. 상부 지시로는 만일 망명을 하지 않는다고 하면, 런던 지부에 바로 전화를 달라고 했다. 아마, 상수 아닌 또 다른 요원을 통하여 도연수를 제거할 수도 있다는 느낌을 받았다. 그냥 두었을 경우, 득보다는 실이 많고 극한 상황에 다다르면 북한 공작원들의 행태로 보아 오히려 상수를 살해할 수도 있다는 판단을 한 것 같았다.

"도연수 씨, 여기 말고 베를린에 잠시라도 있을만한 장소 있습니까? 하긴, 웬만한 장소는 이미 김상철이란 그 친구가 다 알고 있겠네요! 그렇다고, 여기 무작정 저와 같이 있을 수도 없고… 저도 몸 좀 회복하고 나면 상부 지시대로 움직여야 하거든요!"

 말을 많이 해서 그런지 갑자기 기침이 심하게 나온다. 아직도 미열이 있고, 몸 이곳저곳 안 아픈 곳이 없다.
 상수는 미안하다 말하고, 약을 먹고, 방에 들어가 침대에 누웠다. 도연수도 따라 들어와, 침대 옆에 앉는다.

 "과장님, 며칠만 시간을 주십시오! 길을 찾아보겠습니다. 참, 먹을 게 하나도 없어요, 나가서 장 좀 보고 올게요."

 "그래요, 도연수 씨 독일어 잘하니까! 시내 나가서 장 좀 봐 와요! 저기 저, 제 양복 윗도리 좀 주세요."

 상수는 자동차 키와 돈을 연수에게 쥐여 주었다. 상수는 연수에 대하여 일말의 의심도 없었다. 몇 마디 말을 나누면서 말 속에 진실이 있다는 것을 깨달았다.
 차 시동 소리가 들리자, 상수는 깊은 잠에 빠졌다. 얼마나 잤을까? 거실에서 요리를 하는지 구수한 냄새와 찌개 끓는 소리가 정겹게 들린다. 비몽사몽간에 순간 따뜻했던 엄마의 품이 느껴진다. 방문을 열고 거실 저편 부엌에서 요리를 하고 있는 연수의 뒷모습을 보았다. 인기척을 느낀 연수 또한, 뒤돌아보니 멍하니 문잡고 서 있는 상수가 보인다. 둘은 눈이 마주쳤다.

"시내 들어가다가 동양인 마트가 보여서 쌀과 고기, 소시지, 양념들 좀 샀어요! 거의 다 되었는데, 여기 식탁에 앉아 계셔요! 입에 맞을는지 모르겠네!"

돼지고기 볶음요리와 부대찌개 비슷한 잡탕찌개가 주메뉴였다. 상수는 집밥을 먹어본 것이 언제였던가? 기억이 나지 않는다. 둘은 와인을 곁들인 저녁을 마쳤다. 창밖에 무슨 축포를 터트리는 소리가 간헐적으로 들리면서 불꽃이 하늘 높이 솟아오르다 사라진다.

"연수 씨 오늘 무슨 날인가요? 날짜도 모르고 있었네!"

상수는 벽에 걸린 달력을 보았다. 오늘이 11월 9일,
TV를 켜니, 화면에는 온통 동서독 분단의 상징인 베를린 장벽이 무너지는 장면을 반복해서 보여주고 있다. 연수가 상수에게 통역을 해주었다.

"1989년 11월 9일 오늘은 역사적인 날이다."
"동독과 서독 정부는 이제 통일을 위한 통일위원회를 설치한다."

"우선적으로 동서독 시민들 통행 자유부터 실시한다고 하네요!"
"독일 통일 이루어지고 나면, 냉전시대 마지막 분단국가는 남북한만 남는다고…."

통역을 해주던 연수는 '분단국가 남북한' 단어를 말하고는 마음이 울컥해지는지 더 이상 말을 잇지 못하고 있다. 평양에 두고 온 아들과 부모! 그들을 이제 영원히 만날 수 없다는 절망감에 눈시울이 붉어진다. 고개를 돌리고 눈물을 훔치고 있다.

이 세계적인 빅 뉴스를 보고도 상수 또한 독일 통일에 대하여 별 감흥이 느껴지지 않는다. 목적도 없이 하루살이 벌레처럼 살아가는 자신에게는 그 어떤 의미도 부여되지 않고 있다.

제3장

회색빛 베를린

베를린 장벽이 허물어지는 이 역사적인 장면을 초조하게 지켜보고 있는 인물이 한 명 더 있었다.

서독 관할 베를린 북한 무역사무소 건물에 있는 김상철은 지사장 박수길, 도연수 둘을 동반 자살로 위장하여 암살하라고 공작원 김필호에게 지시를 하였다. 둘의 죽음을 확인하고 철수한다는 소식을 애타게 기다렸으나 연락이 없어, 프랑크푸르트에 머물고 있는 또 다른 현지 공작원에게 급히 그 암살 장소에 가서 상황을 보고하라 명령하였다.

한나절이 지났을 때쯤, 김필호를 포함 공작원 둘이 모두 창고 주변에서 총 맞은 채 죽어 있다는 보고를 받았다. 도저히 믿을 수 없는 소식에 몇 번이나 되물었다.

김상철은 그 죽은 공작원들의 시신을 싣고 베를린으로 바로 출발하라 하고, 차는 불태워 증거를 완벽하게 제거하라고 지시했다. 김상철이 받은 충격은 상상을 초월했다.

"내 반드시 찾아내어 갈기갈기 찢어 죽인다! 간나 새끼들."

김상철은 심복 한 명을 대동하고, 곧바로 베를린 마약 유통조직 사무실로 찾아갔다. 북한은 1970년 초부터 외화벌이의 일환으로 국가적인 차원에서 비밀리에 마약을 제조, 유통시키고 있었다. 이 조직들 또한 북한에서 생산되는 순도 100%짜리 아편을 싼 가격에 독점으로 공급받고, 그 대신 김상철이 요구하는 다양한 비밀스러운 업무 즉, 암살/테러/납치 등을 도와주고 있었다.

나이트클럽 내, 비밀 사무실로 안내되었다.
보스 '펠릭스'를 만나 도연수와 지사장 박수길의 사진을 보여주면서, 아편 큰 덩어리가 들어 있는 007백을 전달해 주었다. 그들 조직의 입장에서 볼 때, 북한의 마약은 그들의 생명줄이다.

"프랑크푸르트, 베를린, 모든 공항, 기차, 버스 터미널에 당신 조직들 총동원해서 다른 도시로 빠져나가지 못하게 감시하고 발견 즉시 연락하고 가능하면 죽이지는 말고 납치해서 데리고 오라!"

그리고 프랑크푸르트 현지 공작원들에게는 도연수 집 주변에서 잠복근무를 하고 발견 즉시 납치를 해오라 지시를 하고는, 깊은 생각에 잠겼다.

틀림없이 도연수는 오랜 시간 동안 숨어 살지는 못할 것이다. 특히 독일 외 다른 나라로 가는 것은 더더욱 불가능하다. 위조 여권이 프랑크푸르트 도연수 숙소와 베를린 서독 관할 구역 내 무역회사 사무소에 있다. 이것을 찾기 위해서라도 이 두 곳 중 한 곳에는 반드시 찾아올 것이다.

'도대체, 누가? 공작원 중에서도 최고의 공작원인 김필호를 죽였단 말인가? 도연수? 아니면? 지사장 박수길? 아니야! 절대 아니야!'

고개를 절레절레 흔든다.

김필호와 마지막 통화에서 이상수란 놈에 관해서 알아봐 달라고 했다! 그러면 그 이상수란 놈이 분명하다! 보통 놈이 아닌 것만은 확실하다. 그런데 이상수에 관해서 아무런 정보도 없다! 결국 도연수나 지사장 박수길을 잡아서 족치는 수밖에 없다 는 결론에 도달했다.

이를 악물고 있는 김상철의 눈빛에는 살기가 번득인다.

상수는 도연수의 앞날이 걱정이다. 다음 날 아침 커피를 마시며 좀 더 진지하게 얘기해 보아야겠다고 생각했다.

"꼭 베를린이나 프랑크푸르트가 아니라도 당분간 피신해 있을 곳을 찾아보는 게 좋을듯합니다만! 망명이 힘들면, 솔직히 도연수 씨를 더 이상 도와줄 수가 없습니다. 오늘, 내일 아마 우리 측 요원이 올 것 같은데, 걱정이네요!"

"예, 잘 알겠습니다. 어디, 다른 나라에 가려 해도, 제 여권은 프랑크푸르트 저의 숙소에 있고, 베를린 무역사무소에 또 하나 있습니다. 물론 모두 다 위조 여권이지만! 그곳에 한 번은 가야 합니다. 지금쯤 아마 제 집 주변에 공작원들이 잠복하고 있을 거예요. 한 달 정도는 지나야 조금은 느슨해질 것 같은데. 어떻게 해야 할지 답답합니다."

"그러면 이렇게 하죠! 지금 당장 베를린 시내 호텔로 갑시다. 그곳에서 당분간 피신해 있다가, 우리 측 요원이 내일 방문하면, 제가 잠든 사이에 떠났다고 할게요. 그리고 적절한 시기에 저와 같이 프랑크푸르트 가서 짐 챙겨서, 다른 나라로 가든지, 방법을 찾아보죠."

"하지만 전 가진 게 아무것도 없어요! 돈은 무일푼이고요!"

상수는 바로 베를린 시내로 차를 몰았다. 조금은 오래된 호텔에 들러, 상수 이름으로 예약을 하였다. 10일 치 방값을 달러로 지불하고, 무일푼인 도연수에게 상수 개인 돈 달러 3,000불을 현금으로 주었다.

"시내 나가서 쇼핑도 하고, 맛있는 음식도 먹고 하세요."

헤어지기 전, 도연수에게 위치 추적용 볼펜을 주면서 사용방법을 알려주었다.

"전번, 지사장 납치 때, 이 볼펜이 큰 역할을 했어요. 무슨 일 생기면 꼭 이 볼펜 눌러주세요. 베를린 시내를 많이 벗어나면 이 볼펜 눌러도 신호가 안 뜹니다. 꼭 명심하시고! 혹시 가지고 있는 호신용 무기는 있습니까?"

도연수는 핸드백을 열어 보이고는 머리핀 2개를 보여준다.

"이 머리핀이 독침입니다."

"아, 그 말로만 듣던 독침! 제가 한 일주일 지나고 여기 한번 들를게요."

상수가 떠나고, 도연수는 호텔 가까운 패션 스토어에 들러 캐주

얼 옷 몇 벌을 샀다. 머리에 스카프를 두르고, 북한 무역회사가 있는 사무소로 가고 있었다.

시내에 들어서자 아직도 베를린 장벽이 무너진 것에 대한 동서독 젊은이들의 흥분이 그대로 남아 있었다. 술집마다 맥주잔을 높이 쳐들고 건배를 외치고, 길거리는 길거리대로 시민단체들의 구호가 통일에 대한 현실감을 더해주고 있었다. 걸어서 30분 거리에 도착한 도연수는 길 건너 3층 건물, 북한 무역회사 사무소를 바라보고 있다.

그 건물 맞은편 중국 식당을 찾아온 것이다. 맨 처음 한국 위조 여권으로 독일에 들어왔었다. 그 후 은밀히 총책 김상철로부터 유럽 생활에서의 주의사항, 과업실행을 위한 기초 사상교육, 공작실행 업무 교육도 받았다. 특히 도연수의 핵심 역할은 유럽에 파견된 '남측' 고위급 인사들 포섭이었다. 그들을 연인으로 만들고, 그 후 약점을 움켜쥐고는 정보를 캐내는 전형적인 미인계 프로젝트 공작과업이었다.
그리고 김상철은 섹스 교육이라는 명목으로 연수 몸을 수시로 농락하기도 했다.

거의 두 달이라는 기간 동안, 식사는 주로 중국 식당에서 하게 되었다.
중국집 사장은 도연수에게 호감이 가는지 식사 때마다 이것저것 챙겨주고, 독일 생활 중 어려운 일 있으면 언제든지 말하라고 따뜻하게 대해주었다. 그 중국집 사장은 1960년대 독일 광부로 왔다가 귀국하지 않고, 독일에 눌러앉아 중국집을 차렸다. 그러다 보니 늘 고향에 대한 그리움에 젖어 있다. 도연수는 한국 대학에서 파견 나온 사회학 연구원이라 속였었다. 2개월 교육을 마치고 첫 과업 수행을 위하여 베를린을 떠나기 전 중국집 사장에게,

"사장님! 뮌헨대학에서 연구할 과제가 있어서 잠시 베를린 떠나 있을 예정입니다. 자주 놀러 올게요! 그리고 이 가방 사장님이 보관해 주시면 좋겠는데….ˮ

그 가방 안에는 일기처럼 적어놓은 다이어리, 암호지령 독해 소설책, 성경책, 그 성경책 가죽 커버 안에는 지금쯤 5살이 되어 있을 아들의 사진, 부모, 남편 사진들이 들어 있다. 아들의 체취가 느껴지는 장난감, 모두 북한 가족들과 얽힌 소품들이다.

그 후 독일에서 머무는 3년 동안, 한 달에 1~2번은 꼭 베를린을 방문하여 김상철을 만났다. 그때마다 이 중국집에 들러 아들 사진을 보고 애틋한 마음을 달래곤 했었다. 행여 공작과업 수행 중에 돌발 사고라도 나면 자신의 은밀한 가정사를 누구에게도 들키지 않기를 바라는 마음에 믿을만한 중국집에 맡겨놓았었다.

도연수는 이제 그 가방을 찾아야겠다고 마음먹었다. 그래서 곧바로 중국집에 왔던 것이다. 중국집 식당 현관문을 열자 사장은 반갑

게 맞아주었다.

"이게 얼마 만이야? 어서 와요!"

자리에 앉자 따뜻한 차를 내온다. 여러 가지 안부를 묻고 시간이 없다는 핑계로 그 가방을 달라 했다.

"아니, 아무리 바빠도 식사는 하고 가야지, 잠깐 도연수 씨 좋아하는 그 중국식 스시 요리 해올게요! 잠깐만."

연수의 마음은 빨리 이곳을 벗어나고 싶었지만, 차마 사장의 호의를 뿌리치지 못했다. 사람들 눈에 띄지 않는 구석진 곳에 자리를 잡고, 스시가 나오기만 초조하게 기다리고 있었다.

스시 요리가 나오고, 스카프를 벗고 식사를 하는 도중에 사장은 연수 앞에 앉아 이것저것 묻고, 말하고 있었다. 그때 식당 문이 열리고 독일 젊은이들 여럿이 왁자지껄 식당으로 들어왔다. 이미 술에 많이 취해 있었다. 술과 요리를 시키고는 주변을 살펴본다. 사장은 주방으로 들어가고, 드문드문 가족 손님들이 보이고, 구석진 곳에 예쁘게 생긴 동양인 여자가 혼자서 식사를 하고 있다. 그들 중 한 명이 장난기가 발동하는지,

"야, 너희들 저 동양인 여자 보이지? 여기 너희들 중에 누구라도,

저 여자 얼굴에 뽀뽀하는 놈 있으면 내가 오늘 술값 다 낸다!"

우두머리 격인 한 건달이 후배 건달들에게 장난스러운 객기를 부려본다. 그들 마음 깊은 곳에는 항상 동양인에 대한 편견이 있다. 막 대해도 된다는 우월감이 존재한다. 그러자 제일 나이 어린 친구가 벌떡 일어나, 연수 식탁 쪽으로 걸어가더니, 인사를 하고는 마주 앉았다. 연수는 순간 깜짝 놀랐다. 식사를 멈추고, 그 젊은이를 빤히 쳐다보았다. 연수는 연수대로 김상철이 보낸 사람인가 하여 숨이 멈출 정도로 놀랐다. 독일어로,

"누구세요? 저를 아세요?"

그 젊은 친구도 놀랐다. 유창한 독일식 발음에 쳐다보는 눈빛이 예사롭지 않아서이다. 연수의 눈빛에 주눅이 들어 순간 무엇을 해야 할지 기억이 나질 않는다.

"아! 저, 저, 독일 사람이구나! 미안합니다."

하고는 더 이상 말도 못 하고 그 젊은 친구는 일행이 있는 탁자로 되돌아왔다.

"저, 못 하겠습니다!" 더듬거리고 맥주를 들이켠다.

도연수는 급히 일어나 주방에 있는 사장에게 가방을 "빨리 달라." 하고, 기다렸다.

그사이 조금은 나이가 들어 보이는 건달이 용기를 내어 연수 쪽으로 걸어갔다.

연수는 분위기가 이상하다 느끼고, 사장으로부터 가방을 받자마자 뒷문을 향해 빠른 걸음으로 움직였다. 식당 모든 손님들이 지켜보고 있었다. 그 두 번째 건달은 연수의 어깨를 잡고 돌려세우고는 다짜고짜 입술을 훔쳤다.

연수는 본능적으로 그 젊은이의 사타구니 즉, 불알을 무릎으로 세게 올려 쳤다.

북한에서 공작원 특수훈련 때 익힌, 남자를 상대로 하는 치명적 타격이었던 것이다.

그 큰 덩치는 사타구니를 움켜쥐고 고통스러운 숨을 크게 몰아쉬면서 바닥에 뒹군다.

순간, 이 황당한 광경을 유심히 지켜보던 우두머리는 도연수 얼굴을 세심히 살펴보고 있었다.

'그래! 어제 그 나이트클럽에서 보스 형님이 꼭 잡아야 한다고 하는 그 동양인 여자가 틀림없다. 포상금도 걸려 있다. 잘하면, 조직에서 인정도 받을 수 있겠다!'

회색빛 베를린

일어서는 동생들을 만류하고는 급히 도연수에게 찾아가 미안하다고 했다.

"정말 미안합니다. 제 후배가 큰 실수를 했네요!"

도연수는 사과도 받지 않고 급히 중국 식당을 빠져나왔다.
우두머리 건달은 동생들에게 여기서 식사를 계속하라 말하고 혼자서 식당을 빠져나와 도연수 뒤를 미행하기 시작했다. 중간중간 뒤돌아보면서 걷고 있는 도연수를 피하면서 한 30분을 걸었다. 호텔에 들어가는 도연수를 확인했다.

이 건달은 공중전화로 마약 유통조직 나이트클럽 사무실에 전화를 걸었다.

"보스, 지금 그 동양인 여자 찾았습니다! 틀림없습니다. 무술실력도 보통이 아닙니다."

그러면서 식당에서 있었던 일들을 두서없이 설명했다.

"뭐? 지금 거기 어디야? 바로 지금 갈게! 잘 지켜보고, 다른 곳으로 움직이는지."

마약 조직 패거리들은 이제 도연수 납치를 위해 일사분란하게 움직이고 있었다. 곧바로 김상철에게 연락해 말했다.

"납치 후 여기 지하 사무실로 데려오겠습니다."

　김상철은 마약 보스, 펠릭스로부터 중국집에서 도연수를 보았고, 건장한 남자를 한 방에 제압했다는 얘기를 듣고는 도연수가 확실하다는 생각을 했다. 그 전에 그 중국집에서 같이 식사를 한 적도 있다. 건장한 남자를 일격에 쓰러뜨릴 수 있는 여자가 도연수 말고 있을까? 베를린 사무실에 여권 때문에라도 방문은 하리라 예측을 하긴 했지만 이렇게 빨리! 감히, 겁도 없이 왜? 무엇 때문에? 내 코앞에 나타났을까? 일단, 펠릭스를 믿고 기다리기로 했다.

　마약 조직원들은 곧바로 건달이 알려준 호텔로 출발하였다.

　한편 도연수는 중국집을 나와 호텔로 가는 동안 그 건달 일행 중 누군가가 뒤따라오고 있는 것을 알았다. 호텔 도착 즉시, 간단한 옷가지와 짐을 챙기고, 긴 머리는 돌돌 말아서 올리고는 '독침 머리핀'을 꽂았다. 외출복으로 갈아입고 호텔 로비를 나와 택시를 불렀다. 일단 시내를 벗어나기로 했다. 김상철이 풀어놓은 마약 조직 사냥개들이 틀림없다는 결론을 내렸다. 그들에게 잡히면 죽음밖에 없다. 상수가 헤어지면서 준 달러 3,000불은 연수에게 큰 위로가 되었다. 어디든 가서 숨어지낼 수 있는 큰돈이기 때문이다. 이 다급한 상황에서도 상수에 대한 연민이 마음 깊숙한 곳에서 자리 잡아가는 것을 느꼈다. 한 번도 느껴보지 못한 이상야릇한 감정이다. 상수의 인간다운 정과 따뜻한 마음이 냉혈한같이 굳어 있는 연수의 심장을 조금씩 녹이고 있는 것이다. 얼핏 기대고 싶다는 말도 안 되는 상상을 해본다.

호텔 건너편에서, 마약 조직 동료들이 도착하기만 기다리고 있던, 건달은 깜짝 놀랐다. 연수가 가방을 챙겨서 택시를 타려는지 호텔 입구에 서 있는 것이다. 아직 동료들이 오려면 10분은 더 있어야 하는데, 그사이 택시를 타고 어디론가 떠나고 있었다.

건달은 어찌할 바를 모르고, 주변을 살펴보니 오토바이를 타려고 하는 어린 친구가 보인다. '에라 모르겠다!' 하고는 그 어린 친구를 밀치고, 오토바이를 빼앗아 그 택시 뒤를 따라갔다. 그 건달은 혼자서라도 저 동양인 여자를 납치하고 보스에게 전화를 해야겠다고 생각했다. 택시는 점점 도시 외곽으로 빠져나가고 있었다. 연수는 가면서도 택시 뒤를 수시로 돌아보았다. 계속 따라오는 오토바이 1대가 보인다. 혼자인 것 같아 보였다. 몇 가구가 없는 마을 입구에 모텔 간판이 보여, 연수는 택시에서 내렸다. 신분증을 보여 달라는 모텔 지배인에게 급히 집을 나오느라 깜박했다면서 웃돈으로 10불을 더 주었다.

키를 받고, 침실에 가방을 두고 서둘러 방을 빠져나와서 어둠 속에 몸을 숨겼다.

조금 지나자 오토바이가 들어왔고, 그 건달은 모텔로 들어가는 도연수를 보고, 우선 보스에게 이 사실을 알려야겠다고 생각했다. 모텔 주차장 안쪽 귀퉁이에 있는 공중전화 박스로 갔다. 도연수는 주차된 차량 사이로 몸을 숨기면서 고양이 걸음으로 공중전화 박스 가까이 접근했다. 다행히 주변에는 아무도 보이지 않았다.

다이얼을 돌리고 있는 그 건달의 목덜미에 독침을 꽂았다. 독침의 맹독이 퍼져 신경계를 마비시키기까지 1분이 걸리지 않는다. 뭔가 따끔한 것이 목을 찌르는 것 같아 뒤돌아보니 동양인 여자가 보인다. 그리고 뒤돌아서서 모텔로 걸어가는 모습을 보았다.

시골이다 보니 다음 날 해가 뜰 때까지 아무도 그 조직원의 시체를 보지 못했다. 연수는 꼬박 밤을 새우면서 공중전화 박스 주변을 먼 곳에서 지켜보고 있었다. 아침이 밝자마자, 태연하게 모텔 지배인에게 택시를 불러 달라 하고는 택시를 타고, 다시 시내로 향했다. 베를린을 벗어나지 말라는 상수의 말이 생각났다.

거주지가 일정치 않고, 도난 오토바이를 타고 심장마비로 죽은 그 건달에 대하여 경찰들도 깊이 조사를 하지 않고 가족들에게 알린 다음 평범한 사고사로 처리하였다.

김상철과 마약 조직은 그 건달의 죽음을 알고 망연자실하였다. 일개 나약한 동양인 계집한테, 한 놈은 불알을 얼마나 심하게 맞았으면, 지금까지 병원에 입원해 있고, 한 놈은 독침을 맞아 죽고. 펠릭스는 김상철로부터 심한 질책을 받았다. 체면이 말이 아니다.

그 시골 모텔을 찾아가 지배인으로부터 도연수 방문 얘기를 들었다. 모텔 숙박 기록부에는 이름도 없고 다만, 동양인 여자가 왔다가 그다음 날 택시 타고 떠났다는 그 말 외에는 어떠한 흔적도 없다.

그들의 도연수에 대한 적개심은 하늘을 찔렀다. 모든 조직을 총동원하였다. 기차역과 버스 터미널, 공항에는 두 배로 감시 인원을 늘리고, 베를린에 있는 호텔을 포함한 모든 숙박시설들을 하나하나 탐문하기 시작했다.

김상철이 지금까지 유럽에서 구축해 왔던 공작원들의 신상정보를 도연수는 대부분 알고 있다. 남한으로 망명이라도 하는 날에는 20여 년간 쌓아 온 정보체계가 다 무너진다. 그것이 큰 문제이다. 35호실에서 이 사실을 알았을 때, 김상철 자신도 무사하지 못할 것이라는 것을 누구보다 잘 안다. 그렇다고 공개적으로 수배할 수도 없다. 현재 연결된 지하조직들을 통하여 소리 소문 없이 처리하는 게 최선의 방법이다.

제4장

테러 음모

 상수는 이제 몸이 거의 완치되었다. 일상생활 하는 데는 전혀 지장이 없게 되었다. 팔굽혀 펴기, 복근 운동, 고무줄 당기기, 그동안 하지 못했던 체력 단련을 재개하였다. 도연수가 떠나고 3일째 되는 날 뜻밖에도 런던의 송태호 팀장이 방문하였다.

"팀장님, 정말 오랜만입니다."

"이번 업무 수행하느라 고생 많았다. 한 사람의 생명을 구했잖아? 잘 처리했어! 몸은 좀 어때? 참, 그 여자는 망명하라고 권유해 보니까! 왜 안 한다고 그러는 거야?"

"도연수란 그 여자, 북에 5살 먹은 아들, 식구들이 인질로 잡혀 있어서, 고민되나 봐요!"

"참, 불쌍하지, 걔네들 하는 짓거리로 봐서, 그 여자 죽이려고 혈안이 되어 있을걸!? 쥐도 새도 모르게, 처리하겠지! 그놈의 사상이 무언지! 인간이 아니야, 그놈들! 혹시 다음에 그 여자 만나더라도 항상 조심해야 한다. 절대 믿지 말고, 내 말 명심해! 틀림없이 그놈들은 자네도 찾고 있을 거야! 우리 측에서 대호물산에 있는 자네 흔적들은 다 깨끗이 세탁했어!"

"예, 잘 알겠습니다!"

"여기 봉투에 지금부터 해야 할 일들이 적혀 있으니까! 잘 읽어보고, 바로 불태워! 의심나거나, 도움이 필요하면 항상 그 전처럼 런던 지부에 전화하고! 나는 다음 달 귀국한다! 정기 인사 발령이지!"

상수는 떠나는 송태호를 배웅하면서 마음이 착잡했다. 피를 나눈 친형처럼 느껴졌다. 자신의 신변을 걱정해 주는 유일한 사람이다.

송태호는 떠났다. 봉투 안에는 새로운 여권이 들어 있었다. 이름은 '조창석', 한국 주력 일간지 '동성일보' 기자, 독일 특파원으로 기자증까지 동봉되어 있다. 앞으로 모든 지시사항은 베를린 우체국 사서함을 통하여 이루어진다는 메모가 있었고, 가능하면 베를린 중심가 우체국 가까운 곳에 숙소를 정하고 그 숙소 주소를 우체국 사서함에 넣어두라고 지시하고 있었다.

1985년부터 소련의 개방정책 즉, 페레스트로이카 경제개혁 정책이 시장경제로 전환되기 시작하면서, 유럽 내 동구권 공산정권들 또한, 자유자본주의 체제로 변화되는 시기, 남북한은 치열한 체제 경쟁이 시작되었다. 북한은 남한과 동구권 국가들과의 외교 관계를 악화시킬 목적으로 다양한 방해 공작을 계획하고 있었다. 체제 유지를 위해서라면 어떠한 테러도 마다하지 않는다. 이미 북한은 88 서울 올림픽 방해 목적으로 1987년 11월 대한항공 폭파 같은 천인공노할 잔혹한 범죄를 스스럼없이 자행했다.

이에 맞서 정부는 북한의 테러 정보를 사전에 입수하고, 방지하기 위하여 대폭적으로 안기부 예산을 증액하였다. 특히 구소련 체제하에 있던 동유럽에 블랙요원(특수활동요원)들을 증원, 배치하고, 다양한 분야에서 활동 중인 교포들을 포섭하여 '현지 정보원'으로도 적극 활용하기로 했다.

상수는 다음 날 베를린 시내 중심부, 미테(Mitte) 지역에 있는 주택으로 짐을 옮겼다. 우체국 사서함에는 플로피 디스켓과 활동비용으로 꽤 큰 금액의 마르크 화폐가 들어 있었다. 플로피 디스켓을 컴퓨터에 넣자 상수가 해야 할 주요 업무내용이 흘러갔다.

한국에서 유럽에 방문하는 정부 요인, 외교관, 기업가 등의 비밀 경호 업무였다. 행여 모를 북한의 테러 정보를 수집하고, 막아야 하는 그림자 경호원인 것이다. 현지 정보원을 채용할 수 있는 권한도 주어졌다.

그런대로 혼자 지내기에는 좁지 않은 깨끗한 집이다. 짐이랄 것도 없다. 배낭 하나가 다이다. 늘 하던 방식대로 계절별로 양복과 와이셔츠, 내의, 간단한 생활필수품들을 사서 적당히 쓰다가 버린다. 총과 통신장비를 추가로 청구하였다.

상수는 도연수가 머물고 있는 호텔에 들렀다. 여자 지배인에게 도연수 룸에 전화를 연결시켜 달라 하자,

"그 동양 여자분 바로 다음 날 '체크아웃'하셨습니다."라고 했다.

상수는 믿지 못하겠다면서, 다시 한번 그 룸을 확인해 달라 했지만, 지배인의 말은 확고했다.

"왜 자꾸 그 여자를 찾지? 당신이 벌써 세 번째예요! 난, 더 이상 아무것도 몰라요! 귀찮아 죽겠어!"

벌써 5일이나 지났다. 그러면 어디에 있단 말인가? 신변에 무슨

일이 생긴 것이 틀림없다. 도연수는 평범한 여자가 아니다. 송태호 팀장의 말대로, 독일에서 암약하고 있는 모든 북한 공작원들에게 '공화국 배신자'로 낙인되어, 도연수를 찾느라 혈안이 되어 있을지도 모른다. 그들의 손아귀를 벗어나는 게 쉽지는 않을 것이다. 아니, 이미 죽었는지도 모른다. 상수는 허탈했다.

'이제, 위치 추적용 볼펜이 작동하기를 기다리는 수밖에 없구나.'

집에 돌아온 상수는 휴대용 무선 통신장비 모니터를 켰다. 살아 있다면 언젠가는 신호가 뜨겠지.

한편, 모텔을 빠져나온 도연수는 베를린 시내로 향했다. 숙박시설이 아닌 일반 다가구 주택을 렌트하기로 마음먹었다. 주로 빈민들이 거주하는 크로이츠베르크(Kreuzberg) 지역에 지은 지 수십 년이 된듯한 허름한 다가구 주택이 눈에 띄어 계약을 했다. 1층엔 관리실과 휴게실이 있고 2층부터 4층까지 각 층마다 5가구가 살 수 있도록 'ㄷ' 형태의 복도식으로 만들어져 있었다. 이곳은 신분증이 없어도 렌트가 가능하다. 렌트비 3개월 치를 선불로 지불하고, 바로 입주를 하였다. 한 달 가까이는 숨어 지내야 할 것 같았다. 가지고 있는 돈도 아껴야 하고, 그냥 불법 체류자들 틈바구니에서 섞여 살다 보면, 어떤 탈출구가 생길지도 모른다는 막연함이 있었다.

집 안 청소를 하고, 가까운 그로서리 가게에 들러 식자재와 필수

생활용품도 샀다.

거의 초긴장 상태에서 며칠을 헤매고 다니다 보니 몸이 상당히 경직되어 있었다. 간단히 식사를 마치고 와인 몇 잔 들이켜니 긴장이 풀리면서 깊은 잠에 빠졌다.

상수는 하루 일과를 조깅으로 시작한다. 조깅 중에 항상 우체국 사서함을 들른다. 작은 봉투에 플로피 디스켓이 들어 있었다.

비밀 경호 업무 첫 지시였다.

주한 독일 대사관에 근무하고 있는 외교관 '막스 슈미트'가 다음 달 베를린을 방문하며, 그와 함께 5년 전에 한국으로 망명한 전 북한 외교관 출신 '주현호'가 동행하기로 되어 있다. 그는 고위급 외교관으로, 김정일이 지휘하는 35호실에서 암살 대상 1호이다. 베를린에 머무는 동안 적극적인 경호를 지시하였다. 그리고 독일 외교관 막스 슈미트와 주현호에 관한 프로필이 사진과 함께 자세히 기록되어 있었다.

현재 대한민국과 체코는 빠른 수교를 위하여 각국 외교관들이 활발하게 움직이고 있었다. 몇 달 전, 한국은 이미 폴란드와 수교(1989년 11월)를 맺었다. 북한은 점점 초조해지기 시작하였다. 어떠한 방법을 쓰더라도 동구권 국가들과 대한민국과의 수교를 막아야 한다. 동유럽에서 북한은 점차 고립되어 가고 있는 것이다.

도연수는 얼마나 잤는지 모른다. 눈을 뜨니 커튼 사이로 햇살이 눈부시다. 정말 오랜만에 햇빛을 본다. 베를린은 늘 회색이다. 하늘도 건물도 도로도!

연수가 달력을 보니 상수와 헤어진 지도 벌써 일주일이 지난 것 같다. 오늘 아침은 왜 이렇게 마음이 허한가? 독일에 머무는 3년 동안, 처음 느껴보는 감정이다. 그런데 이 감정이 싫지만은 않았다.

이 허전한 마음을 채워줄 누군가가 내 가까이 있다는 생각을 지워버릴 수가 없다. 지금쯤 그 호텔에 들렀을지도 모른다. 위치 추적용 볼펜을 작동해 볼까 하려다 그만두었다. 비상사태도 아니고, 그냥 버스 타고 상수가 머물고 있는 그 안가를 찾아가 보아야겠다고 생각했다.

그사이 떠났으면 더 이상 인연이 아니라 생각하면 되고, 행여 머물고 있으면 얼굴 마주 보고 차 한잔 마시는 것으로 만족하자! 그리고 고맙다는 말도 전하고!

막연한 그리움이 싹트고 있었다.

결정을 하고 나니 마음이 급해졌다. 트렌치코트에 스카프, 검은 뿔테 안경도 썼다. 택시를 타고 베를린 외곽으로 빠져나가는 버스 터미널에 도착했다. 버릇처럼 출입구 앞에 서서 주변을 둘러보았다. 많은 사람들이 붐비는 터미널 안에서 누가 누군지 알아보는 게 쉽지는 않았지만, 탑승 게이트 문 옆에 젊고 건장한 친구 한 명이 보인다. 탑승하는 사람들을 일일이 눈여겨 살펴보고 있는 것이다.

연수는 한숨이 나왔다.

'괜히 서둘렀구나! 김상철이 풀어놓은 그 마약 유통조직, 사냥개들이 틀림없어!'

지금 바로 되돌아서는 것은 오히려 저들의 눈에 이상하게 비칠 수도 있다. 터미널 어느 장소에서 연수를 보고 있는지도 모른다. 자연스럽게 여자 화장실로 향했다. 하지만, 이 조직은 사람 찾는 데는 전문가들이다. 터미널 입구에 여자 한 명을 배치해 두었다. 터미널에 들어오는 젊은 여자는 동양인이든 서양인이든 상관없이 따라붙는다. 그리고 행동을 살피고 보고를 한다. 연수가 화장실로 들어가자, 그 여자도 따라 들어왔다. 연수는 이 여자가 자신을 감시하고 있는 줄은 꿈에도 생각하지 못했다. 소변을 보고 나와 손을 씻는데, 그 여자가 독일어로 말을 걸어왔다.

"오늘 날씨가 추워졌죠?" 그러면서 연수 얼굴을 쳐다보고 눈인사를 한다.
연수도 얼떨결에 독일어로 대꾸했다. "그러네요!"

화장실을 빠져나와 택시를 타고 렌트한 집으로 다시 향했다. 택시 안에서 뒤따라오는 차가 있는지 수시로 돌아보았다. 다행히 따라오는 차는 없었다.

연수에게 말을 건넨 그 감시원 여자는 택시를 타고 떠나는 연수를 지켜보고는 택시 번호를 적어두었다. 그리고 터미널에 있는 조직 파트너에게 이 사실을 알렸다.

'정확하지는 않지만, 터미널 입구에서 주변을 살피고, 탑승 게이트에 있는 우리 측 사람들을 보고는 바로 화장실로 갔고, 뒤따라가서 말을 걸었는데, 독일어를 제법 잘하더라. 그리고 급히 나와서 택시 타고 떠났다. 상당히 의심이 가는 동양인 여자였다.'

그 남자 조직 파트너는 도연수가 거의 틀림없다는 결론에 이르렀다. 사무실 보스 펠릭스에게 터미널에서 있었던 얘기를 전하고, 택시 번호를 알려주었다. 펠릭스는 즉시 내통하고 있는 경찰에게 그 택시 운전사의 행방을 찾아 달라 했다.

택시에서 내린 연수는 다가구 주택 입구로 걸어가고 있었다. 인도와 접한 가게들은 저마다 개성 있게 크리스마스트리를 꾸며놓았고, 캐럴도 간간이 들려온다. 마약에 취한 노숙자들은 이 기회에 한 푼이라도 더 적선을 받기 위해 지나가는 행인들에게 "메리 크리스마스"를 외치며 손을 내밀고 있다. 연수를 붙잡고는 돈 한 푼 달라면서 소매를 잡고 놓지를 않는다. 연수는 가지고 있는 1달러짜리 세 장을 바닥에 뿌렸다. 노숙자들이 서로 주우려고 몸싸움을 하는 틈에 집으로 올라갔다. 노숙자들도 서열이 있는지 한 젊은 노숙자

가 노인들을 밀치고, 혼자서 인도에 떨어진 돈을 다 주웠다. 그러면서 숙소로 들어가는 연수를 향해

"당케 마담! 메리 크리스마스"를 연발한다.

4층 문 앞에서 키를 돌리는데, 바로 옆방에 사는 노인 부부가 인사를 한다. 연수도 인사를 하자 노인은 반갑다면서 말했다.

"메리 크리스마스! 시간 날 때, 우리 집에 와서 차 한잔해요!"

연수는 식탁에 앉아 깊은 생각에 잠겼다.

여기 베를린에 머무는 한, 저들에게 언젠가는 잡힐 것이다. 다만, 시간이 문제이지. 어느 나라에 도망가 있을까? 그러려면 우선적으로 위조 여권이라도 있어야 한다. 이번 사건으로 베를린 무역사무소에 있는 여권은 아마, 김상철이 없앴을 수도 있다. 프랑크푸르트에 들러 숨겨놓은 여권을 찾아야 한다. 여기 이 주택에 오래 머물 수도 없다. 불법 체류자 단속이라도 나오는 날에는 신분증도 없고… 곰곰이 생각해 보아도 뾰족한 방법이 떠오르지 않는다. 가슴만 답답하다. 상수가 준, 위치 추적용 볼펜만 만지작거리고 있다.

마약 유통조직 보스, 펠릭스는 단단히 각오를 하였다. 조직의 운

명이 걸렸다. 이번 건을 제대로 처리하지 못하면, 북한으로부터의 값싸고 질 좋은 아편 공급에 차질이 생길 수도 있다.

택시 운전사의 신변을 확보하고, 연수가 내린 장소를 알아냈다. 날쌔고 경험 많은 조직원 4명을 차출하여 승용차 2대에 나누어 타고 연수 집으로 출발하였다. 출발 전 김상철에게 연락했다. 김상철이 결의에 찬 한마디를 한다.

"보스! 가능하면 납치를 해오시오! 반항이 심하면 죽여도 좋소! 내, 그년에게 꼭 물어볼 게 있어서! 보스를 믿겠소! 이번은 실수 없이 잘 처리하시오!"

김상철은 이상수란 인물에 대하여 알고 싶었던 것이다.

펠릭스는 동양인 여자 한 명 납치하는데, 이렇게 직접 조직원 4명이나 거느리고 간다는 게 자존심도 상했지만, 상대는 보통 여자가 아니고, 고도로 훈련된 특수 공작원 출신이라는 말을 들었다.
이미 한 명은 불알이 터져 병신이 되었고, 한 명은 독침에 맞아 죽었다.
도대체 어떻게 생긴 여자인가? 펠릭스 자신도 궁금했다.

연수가 사는 동네에 들어서자 고만고만한 4층짜리 다가구 주택들이 줄지어 있었다.

길거리에는 마약에 취한 노숙자들이 드문드문 보인다.

"여기 이곳에 내려주었다는데! 야, 어느 주택이야?! 다들 내려서 수소문해 봐!"
"큰일이네, 일일이 저 많은 집을 다 뒤질 수도 없고, 그 전에 경찰이 먼저 오겠다."

조직원들은 길거리 노숙자들에게 사진을 보여주며, 수소문을 시작하였다. 그때 한 친구가
"내가 알고 있는데…." 그러면서 돈을 요구한다. 차에서 내려 돈을 주자 중간에 위치한 주택을 손으로 가리킨다. 펠릭스는 일이 쉽게 풀리는 것 같아 입가에 미소가 번졌다.
3명은 각기 워키토키 하나씩 들고, 다가구 주택 현관 입구로 들어가고, 2명은 입구를 서성이며 만일의 사태를 대비하였다.

주택 안으로 들어간 3명은 관리원을 찾았지만 이미 퇴근한 뒤였다. 관리실에 보관 중인 마스터키가 들어 있는 보관함을 부수고, 마스터키를 손에 쥐었다. 관리실 입구 문 앞에서 한 명이 지키고, 나머지 2명은 총 15가구가 입주해 있는 4층짜리 주택을 2층부터 일일이 문을 두드리고, 살고 있는 사람들을 확인하면서 올라갔다. 노크 후에 인기척이 없으면 마스터키로 문을 열고 내부를 확인했다.

한편 도연수는 샤워를 하고 나와서 소파에 앉아 있는데, 무언가 외부에서 쿵쾅하는 문을 여닫는 소리가 빈번하게 들려, 문을 살짝 열어보았다. 1층에 건장한 젊은 친구 한 명이 서성이고 있고, 나머지 2명은 문을 열고, 닫고 하면서 주민들과 옥신각신 말다툼하고 있는 게 들렸다.

도연수는 올 게 왔구나! 생각하자 몸이 다시 굳어지는 것을 느꼈다. 극도의 긴장감에 손발이 떨렸다. 이를 악물고, 순간 망설임 없이 위치 추적용 볼펜을 눌렀다. 자신을 구출해 줄 수 있는 유일한 사람은 상수뿐이다.

움직이기 좋도록 가벼운 옷으로 갈아입고, 날카로운 부엌 식칼 하나를 챙겼다. 그리고 마지막 1개 남은 '머리핀 독침'을 돌돌 말은 머리에 꽂았다.

연수는 지금 죽음을 생각하고 있다. 여기서 죽는다 해도 미련은 없다. 그동안 자신 손에 죽은 사람이 어디 한두 명이었던가? 언젠가는 자신도 그들처럼 될 것이라는 것을 늘 생각하고 있었다. 다만, 죽기 전에 북에 두고 온 아들을 한 번이라도 볼 수만 있다면 더이상 바람은 없다. 이제 그 실낱같은 희망도 사라져 가고 있다.

'조선 인민 공화국 체제를 붕괴시키려는 반동 세력들은 1초의 망설임도 없이 제거해야 한다.'는 사상교육을 철저히 받았고, 지령만 내리면 그대로 실행했었다.

하지만 이곳 서독 생활 3년이 지나면서, 그 철저한 사상도 희미해지기 시작할 즈음, 아무 대가 없이 자신의 목숨을 구해준 상수를 만났다. 자신을 살인도구로만 사용하고, 이제 쓸모가 없으니까, 죽이려 했던 김상철을 생각하면 배신감에 치가 떨린다.

'절대 용서 못 해! 김상철!'

연수는 발코니로 나가보았다. 도로와 접한 주택 현관 입구에서 서성이고 있는 또 다른 조직원들을 보았다.

'도대체 몇 명이나 온 거야? 큰일이네, 상수 씨가 곧 이리로 올 텐데!'

집을 수색하던 조직원들은 이제 마지막 4층, 5가구만 남았다. 첫 번째 가구의 문을 노크하자, 노인이 나왔다. 조직원 중 한 명이 연수 사진을 보여주면서,

"저희들 경찰입니다! 이 동양인 여자 몇 호에 살고 있는지 아세요?"

노인네는 말을 못 하고 망설이고 있었다. 이를 눈치챈 친구는

"할아버지, 이 여자, 사람을 죽이고 여기 주택에 살고 있다는 제보를 받았어요!"

노인은 오늘 본 그 동양인 여자가 살인자라는 말에 화들짝 놀라, 손가락으로 바로 옆집을 가리켰다. 다시 한번 사진을 보여주자 노인은 확실하다며 고개를 끄덕인다.

"보스, 찾았습니다. 어떻게 할까요?"

바로, 펠릭스에게 워키토키로 보고하였다. 문 앞에서 귀를 기울이고 있던 연수는 '웅' 하는 워키토키 소리를 어렴풋이 들었다. 보조 록을 채우고, 체인 록도 걸었다. 긴급 소방함을 뒤졌다. 중간중간에 매듭이 있는 탈출용 로프를 꺼내 발코니 난간에 묶어두고, 상수가 올 때까지 최대한 시간을 끌어야 했다.

도어록이 딸깍 소리를 내며 열렸다. 보조 록 때문에 문이 더 이상 열리지 않자, 둘은 온 힘을 다해 문을 반복적으로 밀어붙였다. 조금씩 보조 록이 휘어지면서 열리기 시작했다. 이제는 체인 록만 걸려 있는 상태이다. 집 안 내부가 조금씩 보인다.

연수는 문 뒤에 숨어 있었다. 특수훈련 중 귀가 따갑도록 들은 말이 있다.

"죽이지 않으면 내가 죽는다! 망설이면 내가 죽는다!"

문틈으로 내부를 살피던 한 친구는 아무도 보이지 않자 한 손을 문틈으로 넣고, 체인을 벗기려고 시도하고 있었다. 연수는 이때다 싶어 온 힘을 다해 문을 세차게 밀치고, 문틈으로 들어와 있는 손목을 식칼로 힘 있게 내려쳤다. 피가 튀고, 잘려진 손은 바닥에 나뒹군다. 너덜너덜해진 손목을 문밖으로 빼냈지만, 손이 없다. 피가 솟구치면서 온 카펫을 적신다. 이를 본 또 다른 조직원은 극도의 두려움에 어찌할 바를 모르고 동료의 손목을 잡고 지혈을 시도하고 있다. 그제야 통증이 몰려오는지 괴성과 함께 울부짖는다.

"내 손! 내 손!"

1층 관리실에 있던 조직원은 급히 4층으로 올라가고, 현관 밖에 있던 보스에게도 알렸다. 상황이 급박하게 돌아가자, 생포한다는 것은 포기하였다. 모두 총을 꺼내 들고 4층 연수 집 문 앞으로 달려갔다. 보이는 즉시 사살이다. 손목 잘린 부하를 보고는, 펠릭스는 참담함을 느꼈다. 시간이 지체되면 과다 출혈로 죽을 수도 있다는 생각에 급히 웃옷을 벗어 응급조치를 취하고, 2명의 부하들에게 지금 즉시 병원으로 데려가도록 지시했다. 이제 본인 포함 2명만 남았다.

"내! 이년을 그냥 죽이지 않는다! 갈가리 찢어 죽일 거야!"

그들이 문 앞에서 어떻게 해야 할지 망설이는 동안, 연수는 발코니에 가서 4층 주택 아래를 살폈다. 조직원 3명이 급히 차를 타고 떠나는 모습이 보인다. 더 이상 아무도 없는 것을 확인하고 묶어두었던 비상용 로프를 타고, 천천히 내려갔다. 동네 주변에서는 무슨 큰 구경거리가 생겼다고, 여기저기서 사람들이 몰려오고, 로프 타고 내려오는 연수를 동물원 구경하듯이 보고 있었다. 바닥에 내리자마자 구경꾼들을 헤치고 급히 건물 사이로 도망치려는데, 누군가가 연수의 손목을 잡아끌고는 도로를 횡단하였다. 상수였다.

반대편 차도에 차를 세워둔 것이다. 연수를 차에 태우자마자 상수는 있는 힘껏 액셀러레이터를 밟았다. 큰 굉음과 함께 차는 사람들 시야에서 사라졌다.

이 광경을 펠릭스는 4층 발코니에서 멍하니 보고 있었다. 하늘에는 큰 눈송이가 하나둘 떨어지고 있었다.

상수는 일단 시내를 벗어나기로 했다. 경찰이 차 수배령을 내렸을 수도 있고, 연수에게 닥친 지금의 사태를 자세히 들을 시간도 없다. 10분 정도 달리자 외곽 단독 주택들이 즐비한 작은 동네가 보인다. 다행히 따라오는 차는 없는 듯 보였다. 한적한 장소에 차를 세우고, 연수의 얼굴을 자세히 보았다. 달리는 내내 연수는 말이 없었다. 얼굴과 옷소매에 피가 묻어 있고, 흥분이 아직 가라앉지 않았는지 눈동자엔 긴장한 빛이 역력하였다.

"아니, 그동안 무슨 일이 있었어요? 나는 며칠 전에 그 호텔에 들렀는데, 연수 씨가 다음 날 바로 체크아웃했다 해서 무슨 안 좋은 일이 생긴 게 틀림없다고 생각하긴 했었어요! 호텔 빠져나올 때 바로 연락하지! 바보같이!"

"미안합니다. 과장님!"

이제야 정신이 드는지 상수를 보고 인사를 한다.
상수는 연수에게 얼굴 닦으라고 손수건을 건네주었다. 눈송이가 점차 굵어지면서 함박눈으로 변해간다. 손수건으로 얼굴을 닦는데, 상수의 따뜻한 향기를 느끼고는 울컥하는 마음에 눈물이 흐른다. 상수는 울고 있는 연수에게 무어라 위로의 말도 할 수 없고, 앞 유리창에 쌓여가는 눈송이만 보고 있다.

"자, 그럼 연수 씨 얘기는 차차 듣기로 하고, 눈이 많이 오니 일단 제 집으로 갑시다. 베를린 중심가 미테 동네로 이사했어요."

돌아오는 차 안에서 그동안 있었던 얘기를 간략하게나마 들었다. 그런대로 깔끔하게 잘 꾸며진 상수의 집에 들어서자, 순간 연수는 다리에 긴장감이 풀리는지 몸이 휘청거리며 주저앉는다. 상수는 그런 연수를 부축하고는 식탁에 앉혔다. 같이 뜨거운 차를 마시고,

"오늘은 아무 걱정 말고 푹 쉬시고 내일 다시 얘기 나눠봅시다."

연수에게 침대 방을 양보하고 상수는 거실 소파에서 거의 뜬눈으로 밤을 보냈다.
아침 10시가 되어도 연수는 일어날 기미가 없다. 상수는 베이컨 구이, 계란말이, 야채샐러드, 커피를 준비하고 방문을 노크했다.

"연수 씨!" 하며 이름을 불러도, 반응이 없고 신음소리인지 거친 숨소리만 들린다. 얼굴에는 땀이 흥건하고, 이마에 손을 대자 불덩이 같다. 급히 해열제를 챙겨 먹이고, 물수건으로 얼굴을 닦아주었다. 초췌한 연수의 얼굴을 한참이나 쳐다보았다.

'남북한! 어디에도 갈 수 없는 이 가련한 여자!'
어쩌면, 꼬일 대로 꼬여 있는 상수의 운명과 닮은꼴이다.

한 반나절이 지나자, 열이 내리면서 연수의 몸살기에도 차도가 보이기 시작했다. 눈을 뜨고 주변을 살피니, 포근한 침대에 누워 있는 자신을 발견했다. 조금씩 지난날의 기억들이 하나둘 연결되기 시작한다.

'맞아! 상수 씨를 만나고 여기 이 집에 들어왔었지!'

목이 타는 듯이 말라 문을 열고 거실로 나왔다. 소파에 앉아 졸고 있는 상수를 보았다. 식탁에 있는 물병을 잡고 단숨에 다 마셨다. 부스럭거리는 인기척에 상수는 잠에서 깨어나, 연수를 보았다.

"몸은 좀 어때요? 아침에 보니까 열이 심하던데!"

"죄송합니다! 괜히 저 때문에 거실에서 주무셨네요! 과장님! 저 좀 씻고 나올게요!"

연수는 샤워를 하고 거실로 나왔다. 큰 키, 갈색 긴 머리, 맑고 깨끗한 큰 눈, 하얀 피부, 미인으로서의 모든 조건은 다 갖추고 있었다.

"배고프지 않아요? 같이 식사하려고 나, 지금까지 쫄쫄 굶었어요! 빨리 오세요! 차린 것은 없지만!"

가까운 친구를 오랜만에 만난 것처럼 대하는 상수를 보고 연수는 순간 여기가 내 집인 양 착각에 빠진다. 식탁에 앉은 연수를 보고

"연수 씨, 나 이제 과장 아닙니다. 자꾸 과장, 과장 하니까 듣기가 어색합니다! 그냥 내 이름 불러주세요! 참, 연수 씨 실례가 안

된다면 올해 나이가? 저는 57년생 닭띠입니다만! 북한에서도 띠 같은 걸 챙기나요?"

"세상에, 저도 닭띠예요! 57년생. 그럼요, 북한도 같아요! 그럼 우리 동갑이네!"

서로 얼굴을 쳐다보고, 천진난만한 아이들처럼 미소를 짓고 있다. 아무리 태어나서 지금까지 이념과 사상이 다른 세상에서 살아왔지만, 수 천년 동안 같은 말을 써온 뿌리가 같을 만족일진대, 어찌 인간의 근본마저 변할 수 있단 말인가!

"며칠은 여기서 지내시고, 가까운 어디 다가구 주택 하나 찾아보죠! 이 집! 제집이 아니라서, 언제 관계자가 방문할지 모르거든요. 이해해 주세요!"

상수는 자리에서 일어나면서,

"저, 지금 나가서 쇼핑 좀 하고 올게요, 연수 씨! 옷부터 하나 사고, 그 피 묻은 옷은 버려야 하지 않겠어요? 특히 머리는 서양 여자처럼 염색하는 게 좋을듯싶은데, 연수 씨 생각은?"

연수는 흔쾌히 그렇게 하겠다고 하면서, 문을 나서는 상수에게 몇 번이나 고맙다는 인사를 했다.

  금발로 염색한 연수는 옷도 현재 유행하고 있는 화려하고 밝은 무늬가 있는 스타일로 옷을 맞춰 입었다. 거기에다 유창한 독일어까지 구사하니 눈여겨보지 않는 한 독일 여자임이 틀림없다. 길 건너 원룸 아파트 하나 얻어서 연수는 그곳에서 지내기 시작했다. 가끔 둘은 만나 가까운 레스토랑 가서 외식도 하고, 쇼핑도 하고, 공원을 산책도 하면서 평범한 연인들이 가지는 소소한 일상의 행복을 만끽하고 있었다.

제5장

공작원 총책 김상철

베를린 북한 무역회사 건물에 머물고 있는 총책 김상철은 초상집 분위기이다. 마약 유통조직 보스 펠릭스로부터 도연수 납치가 실패했을 뿐 아니라 조직원 한 명은 손목이 잘리는 심한 부상을 입고 과다 출혈로 현재 사경을 헤매고 있다는 보고를 받았다. 그리고 더 놀라운 사실은 그녀를 도와주는 조력자가 있다는 것이었다.

몇 날 며칠, 밤잠을 설치고 있는 와중에, 평양 35호실에서 연락이 왔다. 특수 공작원 4명을 이곳에 파견한다는 것이었다. 자세한 내용은 그 공작원이 전달해 줄 것이며 최대한 그들의 편의를 봐주고, 머무는 동안은 그들의 지시를 따라야 한다는 내용이었다.

3일 후 김상철은 그 공작원 4명을 만났다. 4명 중 한 명은 여자 공작원이었다. 러시아, 체코를 통하여 동독으로 입국하였고, 그들은 김상철에게 깍듯이 대했다. 8군단 출신 대선배인 김상철에 대하여 익히 들어서 알고 있었던 것이다. 8군단은 주로 대남 공작과 관련한 다양한 업무를 수행하기 위하여 설립된 특수부대이다. 요인 납치 테러 등 살인도 서슴지 않는 고도로 훈련된 집단이다. 죽은 김필호와 도연수도 유럽 파견 전 이 8군단에 소속되어 특수훈련을 받았었다.

다음 달 베를린에 방문하는 주한 독일 외교관 막스 슈미트, 그리고 그와 함께 비밀리에 방문하는 주현호 둘을 제거하라는 명령이었다. 주현호는 5년 전 체코 주재 참사관으로 근무 중 남한으로 망명한 고위급 북한 외교관이다.

주현호는 이미 암살 대상 1호로 찍혀 있었지만, 독일 외교관 막스 슈미트는 여기 독일에서 제거한다는 게, 자칫 잘못하면 외교적으로 심각한 문제까지 발생하여 외교 단절까지 될 수 있을 텐데, 왜 이런 위험성을 알고 있으면서 제거하라고 지시하는 것인가? 김상철은 의아해했다.

동독의 폐쇄된 공산정권을 무너뜨리는 데 결정적인 역할을 한 것은 '경제적 자유'를 동독 주민들에게 알리면서부터이다. 그 중심에는 막스 슈미트가 있었다. 그는 철저한 반공주의자이다. 자본주의 체제가 우수하다는 구호나 정치적인 선전보다는 라디오, 텔레비전, 대중음악, 패션 문화 등을 통하여 자연스럽게 서독의 생활을 접할 수 있도록 구체적인 계획을 세우고 실행에 옮긴 외교관이다. 동독의 젊은이들이 서독의 '경제적 자유'를 동경하게 만듦으로써 결국 베를린 장벽은 피 한 방울 흘리지 않고 무너지게 되었다.

이 방식을 북한에도 적용하기 위하여 막스 슈미트는 한국 내에서도 많은 노력을 하였다. 대학 초청 강의, 각종 포럼 참여 등 다양한 활동을 한국 내뿐만 아니라 유럽에서도 전개하고 있었다. 지난달 체결한 한국, 폴란드 수교 또한 막스 슈미트의 직간접 도움이 있었다. 이번에는 체코와 한국의 빠른 수교를 독촉하기 위하여 전 체코 북한 참사관이었던 주현호까지 비밀리에 대동하고 베를린에 방문하는 것이다. 체코와 수교 전 최종 점검을 위한 실무자들의 마지막 미팅이다. 이 모든 것을 막후에서 도와주는 막스 슈미트가 북한 입장에서 볼 때는 눈엣가시였던 것이다. 앞으로 얼마나 더 많이 북한 체제를 위협할 것인가.

김상철은 북한에서 파견된 공작원 4명, 그리고 그들을 도울 베를린 현지 공작원 4명을 합쳐 총 8명을 한 팀으로 구성했다. 그리고 공작원들 이동은 현지 도로 사정에 밝은 마약 유통조직의 힘을 빌리기로 합의하면서, 펠릭스 입장에서 보면 이번 도연수 납치 실패 사건을 만회할 수 있는 절호의 기회이기도 했다.

도연수 사건은 일단, 뒤로 미루어졌다.

상수는 막스 슈미트 일행의 베를린 공항 도착 시간과 함께 베를린에 머무는 동안의 일정을 자세히 연락받았다. 한 명의 안기부 요원이 근접 경호를 맡고 있지만, 그 요원에 관한 프로필은 비밀로 분류되어 알려줄 수가 없다고 참고란에 적혀 있었다.

1990년 1월 15일 도착이니, 이제 20일 남았다. 혹시 발생할지도 모르는 불상사를 막기 위해, 같은 공작원 출신인, 도연수를 통해서 북한 공작원들의 행태를 알아보는 게 이번 비밀 경호 업무에 도움이 될 듯하여 연수에게 협조를 구하기로 마음먹었다.

"연수 씨, 혹시 이 사람 아세요? 주현호 체코 참사관!"

연수는 깜짝 놀라며

"이 사람 어떻게 아세요? 공화국 배신자라고 제거 대상 1호예요! 남한 망명 후에, 서울에 몇 번이나 암살조 보냈는데, 실패했단 소리 들었어요!"

"다음 달 15일에 여기 베를린에 옵니다. 제가 비밀 경호를 맡아야 하거든요! 혹시, 연수 씨 생각에 여기 공작원들이 이 사실을 알

앉을 때, 어떤 식으로 접근하나요? 이곳에 머무는 동안 아무 일 없으면 좋은데, 서울에서도 이 방문 정보가 저쪽으로 흘러갔을 수 있다고 생각하는 것 같아요!"

연수는 심각한 표정을 지으며, 입술을 지그시 깨물더니,

"제 생각에는 주현호 베를린 방문 일정 100% 알고 있을 겁니다. 그리고 35호실에서 특수 공작원들을 여기로 급파할 것 같은데요, 소위 말하는 '암살 전문가'들이죠!"

"아니, 여기 남의 나라에 와서 테러를 한다? 그러면 바로 큰 외교적인 문제가 발생될 텐데. 설마, 그런 무모한 짓을 하겠어요? 한국도 아니고?"

상수는 연수의 말에 동의하기 어렵다는 듯이 의아한 표정을 지었다.

"상수 씨, 저쪽 사람들을 몰라서 그래요! 6년 전에 전두환 대통령 암살 미수 사건 기억 안 나세요? 버마 아웅산 테러 사건! 그리고 대한항공 폭파 사건!"

말을 잠시 멈추고 다시 이어간다.

"전광석화처럼 해치우고 흔적 하나 안 남기고, 바로 떠날 겁니다! 더군다나, 여기는 테러하기가 얼마나 좋아요! 실행하고 동독을 거쳐 러시아로 떠나면 끝인데! 그리고 만일 경찰에게 잡히면 청산가리 입에 털어 넣고 자살합니다."

연수 얘기를 듣고는 상수는 정신이 번쩍 들었다.

"그러면, 큰일이네! 두 사람이 베를린에 머무는 동안 그들의 동선 따라 밀착 경호만 생각했었는데, 북한 공작원들 정보를 좀 더 수집해 보아야 할 것 같네요! 연수 씨 좀 도와주세요!"

"예! 저도 할 수 있는 데까지 도울게요! 지금 보니까, 20일 정도 남았는데, 이미 북에서 암살조가 들어와 있을 것 같은데? 보통 한 달 전 입국해서 사전 모의연습을 하거든요!"

연수는 이 말을 상수에게 하면서, 내심 김상철에 대한 잔인한 복수를 계획하고 있었다. 차마 누구에게도 말할 수 없는 치명적인 마음의 상처가 있다. 독일에서의 지난 3년은 생각도 하기 싫다. 평양에는 자식과 부모가 볼모로 잡혀 있고, 남편은 정치범 수용소에 갇혀서 언제 죽을지도 모른다. 그것을 약점 삼아, 김상철은 베를린 방문 때마다 연수의 몸을 요구했고, 그녀는 변태적인 그의 더러운 성적 욕정을 받아주는 한낱 섹스 도구에 불과했다. 베를린을 떠나 프랑크푸르트로 돌아가는 열차 안에서 많이도 울었다. 이미 자존감은 무너질 대로 무너져 있었다. 그래도 5년 후면 다시 평양에 돌아가 가족들을 볼 수 있다는 그 일념 하나로 버티어 왔는데, 그 마지막 희망마저도 사라져 버린 지금! 이제는 김상철에 대한 증오만 가득 차 있다.

"일단, 그 공작원들이 베를린에 입국해 있는지 그것부터 확인해 보아야 될 것 같아요! 우선, 같이 가볼 곳이 있습니다."

둘은 바로 실행에 옮겼다. 북한 무역회사 사무소가 있는 3층 건물 주변에 주차를 하고, 도로 맞은편, 중국집과 50여 미터 떨어진 5층 건물 옥상에 올라가 보기로 했다. 새로 생긴 깨끗한 건물인데, 다행히 한 독일 언론사가 입주해 있었다. 경비원이 신분증을 요구하자, 상수는 동성일보 기자증을 보여주었고, 연수의 독일어 통역에 경비원은 별 의심 없이 통과시켜 주었다.

건물 옥상에 올라간 상수와 연수는 망원렌즈가 달린 카메라로 창문으로 비치는 사무실 내부, 건물로 들어오는 차, 출입하는 사람들, 움직이는 모든 것을 저녁 해가 질 때까지 촬영했다.

"모든 공작업무는 저 무역회사 건물에서부터 시작됩니다! 저도 저 건물에서 두 달간 공작업무 교육을 받았거든요! 사진 인화해서 살펴보면 뭔가 작은 정보라도 얻지 않겠어요?"

철수하고 나오려는데, 건물 출입구에서 한 무리의 남자들이 쏟아져 나오는 게 보인다. 상수는 카메라 렌즈를 다시 당겼다. 24인승 중형 버스에 타고는 어디론가 떠난다. 연수는 그 광경을 보고는 상수를 급히 뒤쪽으로 잡아당겼다.

"조심! 조심! 왔어요! 이미 왔어요! 저들은 외부에 나올 때! 버릇처럼 주변을 살펴요!"

베를린 시내에 들러 사진들을 인화하고, 도연수는 그 사진 중에 김상철을 손가락으로 가리키며,

"이 자가 '총책'이에요! 김상철! 저 건물에 평상시에는 여직원 몇 명하고 건물 경비원, 당직자 총 합쳐서 5~6명이 있는데, 사진 보니까! 처음 보는 남자들 7~8명, 여자도 한 명 있네요! 또 저 차 운전하는 백인은 아마 마약 유통업자 조직원 같은데, 저를 죽이려 했던! 베를린 마약 업자들과 아주 긴밀한 관계예요!"

상수는 연수의 사진 설명을 듣고, 지금까지의 상황을 잘 정리하여, 플로피 디스켓에 입력하고, 중요 사진과 함께 사서함에 넣었다. 며칠이 지나고, '본' 한국 대사관에 근무하고 있는 안기부 요원

한 명이 상수 숙소로 찾아왔다.

"보내주신 정보 잘 받았습니다! 일단, 서울 본부에 급전으로 통보하였고, 아마 방문 일정을 조절할 것 같습니다! 서울 본부에서는 '조창석(새로 바뀐 상수 이름)' 씨를 상당히 신뢰하는 것 같아요! 다시, 일정이 잡히면 바로 연락하도록 하겠습니다! 혹시, 필요한 것 있으시면…."

"감사합니다! 믿어주셔서! 소음 권총 2자루, 탄약, 최루가스탄, 연막탄, 무선 통신장비, 이어폰, 방탄복 2벌 부탁드립니다. 저를 도와주는 현지 정보원이 한 명 있어서… 행여 생길지도 모르는, 북한 공작원들과의 교전을 대비해서 필요할 것 같습니다."

"알겠습니다. 그렇게 준비해 드리겠습니다! 다시 한번 말씀드리지만, '조창석' 씨가 하는 모든 것은 저희 한국 정부와는 무관한 일입니다."

도착 일주일 전, 추위가 절정에 이른다. 온도는 그렇게 낮지 않으나, 바람이 세차게 부니 체감온도가 5~6도는 낮다.
슈미트와 주현호는 정한 날짜보다, 이틀 연기하였다. 더 이상은 일정을 미룰 수는 없다고 했다.
상수는 연수의 의견대로 변경 전 날짜, 비행기 스케줄에 맞추어

테겐 공항에 들어왔다. 연수는 공항 주차장, 승용차 안에서 이어폰 끼고, 만일의 사태를 대비하였다. 상수 혼자서 입국장 입구에 서서 "Mr. Kim 입국을 환영합니다."라고 적힌 거짓 피켓을 들고 서 있었다. 얼핏얼핏 주변을 둘러보았다. 환영객 틈바구니에, 그날 건물에서 나오던 여자 공작원이 보인다.

'이들은 아직까지 변경된 날짜를 모르는구나!' 탑승객 모두 빠져나오고, 그 여자 공작원은 당황하는 빛이 역력하였다. 자꾸만 뒤를 돌아보고, 공항 출구 문 입구에 있는 건장한 동양인 남자들에게 눈치를 준다. 상수 또한 피켓을 거두고 연수가 있는 주차장으로 갔다.

"얘네들! 방문 일정이 연기되었다는 걸 모르는 것 같아! 일단 남자 두 명, 여자 한 명은 보았어!" 상수가 차에 오르면서 얘기하자,

"그러면 공작원들 숙소가 어딘지 알아보죠!"

그들이 타고 가는 9인승 밴을 따라갔다. 시내로 들어서자 북한 무역사무소 건물에서 100여 미터 떨어진 낡은 호텔에서 내린다.

"내가 3년 전에 머물렀던 그 호텔인데요!"

김상철은 2명은 호텔에서, 나머지 2명은 사무실 지하에 별도로 만든 침실에 머물도록 지시했다. 많은 동양인들이 떼를 지어 몰려

다니면, 여러 가지로 의심을 받을 수 있다고 생각했다. 살해업무를 직접 행하는 북측 공작원들 4명, 보조 공작원들 4명, 암살 완료 후, 4명은 1시간 내에 동베를린에 있는 북한 대사관에 들어가면 된다. 그런데, 오늘 허탕을 쳤다. 35호실에 급히 전문을 보냈다. 입국 날짜를 다시 정확하게 알려달라 했다.

숙소로 돌아온 상수는 깊은 고민에 빠졌다. 연수에게,

"모레! 입국하는지 저들이 알까요? 만일 이틀 후에도 저들이 공항으로 가면, 우리 안기부 내에 첩자가 있다는 얘긴데… 어떻게든 공항 도착 전에 이들의 추적을 막아야 하는데 좋은 방법이 없을까요?"

"글쎄요!? 내 생각에는 지금 돌아가는 상황으로 볼 때, 북에 정보를 알려주는 간첩이 있는 것 같아요!"

순간 상수는 좋은 아이디어가 떠올랐다.

'그래, 경찰의 힘을 빌리자!'

연수는 상수의 계획을 듣고, 무릎을 탁 치면서,

"굿 아이디어입니다! 바로 실행에 옮길까요?"

상수는 연수가 잠시 머물렀던 다가구 주택 주변 노숙자들이 우글대는 골목길에 들러, 상당한 분량의 마약을 샀다.

D-day 아침 일찍 북 공작원들이 머무는 호텔 주변에 차를 세우고, 지하 주차장으로 들어갔다. 오래된 호텔이다 보니, 지하 주차장 CCTV도 엘리베이터 옆 도어 위에 1개만 달랑 달려 있다. CCTV 카메라 렌즈에 테이프를 붙이고, 9인승 밴을 찾아 나섰다. 주차장 제일 구석에 밴이 보인다. 배기통 아래에 비닐봉지로 포장된 마약 뭉치를 싸맸다.

2시간 정도 지났을까? 그 9인승 밴이 지하 주차장에서 나온다. 안에는 5명이 앉아 있는 게 보인다. 그런데 또 다른 승용차 1대가 밴의 꽁무니에 바짝 붙어 달리고 있었다.

상수는 멀찍이 떨어져서 따라가고 있었다. 상수는 렌터카를 새로 바꾸었다.
'안기부 내에 첩자가 있는 것이 확실하구나!' 확신을 가지게 되었다.
공항까지는 20여 km 남짓, 30분 정도 걸린다.

"연수 씨! 지금쯤 독일 경찰에 신고하는 게 좋을 것 같아요!"

연수는 도로 옆 공중전화로 달려가 "마약이 의심되는 차를 발견했다!"고 신고했다.

"9인승 회색 밴, 남자 5명 타고 있고, 배기통에 마약을 테이프로 말아 붙이는 것을 보았다. 테겐 공항으로 가고 있다."

경찰은 장난 전화 아니면, 마약 조직들 간에 이권 다툼에서 생기는 제보쯤으로 생각했지만, 제보 내용이 너무 구체적이어서 무시할 수는 없었다. 도로 주변을 순찰하고 있는 경찰에게 수색하라고 지시했다.

공항 가까이 도착할 무렵, 순찰차가 사이렌을 울리며 밴을 가로막는다.

"경찰입니다. 잠시 검문 있겠습니다. 모두 내리세요!"

마지못해 모두 내렸다. 특히 마약 유통조직의 독일 운전자는 "왜! 그러냐?" 심하게 항의를 하였지만, 경찰은 잠깐이면 된다고 하면서, 차 뒤쪽 배기통에 붙어 있는 비닐봉지를 발견했다. 제보자의 말이 정말 정확했던 것이다. 비닐을 뜯자, 마약 중에서도 가장 환각이 심한 '히로뽕'이 나왔다. 경찰 둘은 동시에 권총을 뽑아 들고,

"두 손 들고, 돌아서! 마약 소지 혐의로 모두 체포한다!"

순간, 북측 공작원 4명은 서로 눈치를 주고받더니,

그중 2명은 번개처럼 빠른 손놀림으로 눈 깜박할 사이에 경찰들의 권총을 빼앗고, 오히려 경찰들에게 총을 겨누고 있는 것이다. 아차! 하는 순간에 당해버린 경찰들은 넋이 반쯤 나간 채로 멍하니 서 있다. 나머지 2명은 주먹으로 그들의 머리를 강하게 가격했다. 무슨 쇠망치로 한 대 맞은 것 같은 충격이다. 경찰들은 '악' 하는 비명 소리와 함께 바닥에 주저앉는다. 축 늘어진 경찰들을 순찰차 뒷좌석에 쑤셔 넣고, 타이어를 펑크 내고, 안에 있는 무선 통신기를 박살 낸 다음, 연장자로 보이는 공작원이

"야! 동무들! 경찰은 죽이면 안 돼! 바로 출발해!"

급히 밴을 몰고 공항이 아닌 다른 방향으로 달렸다. 도로를 벗어난, 한적한 길로 접어들자, 인적이 드문 숲속에 차를 버리고 빠른 걸음으로 모두들 다시 도롯가로 나왔다. 조금 지나자 승용차 2대가 나타나고, 차례대로 그들을 픽업하고 사라진다.

이 모든 상황을 지켜보고 있던, 마약 조직 운전사는 다리가 떨리고 할 말을 잃었다. 혼자 한적한 도로에 버려진 조직원은 지나가는 차가 보이면 손을 흔들고 도와달라고 수없이 반복하면서 서 있다.

공항으로 달리고 있던 상수는 난장판 된 순찰차 옆을 모르는 척 지나가고 있었다. 공항 도착과 동시에 시간에 맞춰 입국자 환영 라

인에 서 있다.

조금 지나자, 슈미트와 주현호 그리고 경호원인 듯싶은 안기부 직원 한 명이 입국장을 빠져나온다. 입국장에는 또 다른 직원이 마중 나와 있었다. 승합차에 그들을 태우고 떠나는 것까지 보고는,

"연수 씨! 무사히 입국은 했는데, 우리 측 누군가 간첩이 있는 게 확실해요! 정확하게 입국시간을 알고 있잖아요! 그러면 호텔 숙소도 알고 있다는 얘기인데!"

"오늘 어쩌면 저 3명이 공항에서 '테러를 당했을 수도 있겠다!' 싶어요! 화장실, 주차장, 도로, 장소를 가리지 않습니다. 틈만 보이면, 독침이든 소음 총이든 사용해서 바로 실행합니다."

그리고 크게 한숨을 쉬고 나서

"아마, 호텔 숙소도 곧 알게 되겠지요! 우선 저희들이 북측 공작원보다 먼저 이분들 동선을 정확히 알아야 합니다. 그 독일 순찰경찰들 순식간에 처리해 놓고 도주하는 것 보셨죠? 일반인들은 감당 못 해요!"

다시 숙소로 돌아온 상수는 전화로 오늘 있었던 일을 런던 지부에 상세히 보고하였다. 그리고 막스 슈미트 일행의 동선을 시간대

별로 알려달라 했다.

"시간대별 정확한 일정은 안기부 내에서도 알 수 없으며, 자세한 것은 근접 경호 중인 요원 '김희성'을 만나서 함께 의논하여 잘 수습하기 바란다!"라고 답변이 왔다.

상수는 그들이 묵고 있는 호텔로 향했다. 최근에 지은 5성급 호텔이다.

호텔 로비에는 많은 외국인들로 붐비고 있었다. 특히 베를린 장벽이 무너지자 전 세계 유명 언론들이 뭐 하나라도 특종을 얻기 위해 속속 입국하고 있었다.

김희성과 접촉이 되어 그의 룸으로 안내되었다. 상수는 간단한 인사말을 나누고,

"본부로부터 '김희성 팀장'님 말씀은 들었습니다. 여기 계시는 동안 시간대별 동선을 알면, 경호하는 데 많은 도움이 될 것 같습니다."

"글쎄! 내일 토요일 슈미트는 대학 친구, 식구들과 파티 약속이 있다고 그리고… 일요일 저녁까지는 여기 호텔로 다시 돌아오는 것으로 되어 있고! 나와 주현호는 토, 일요일 여기 이 호텔에서 쭉 지낼 예정이고!"

"월요일은 모두 베를린 힐튼 호텔로 숙소를 옮깁니다. 그곳에서 '본' 대사관에서 파견 나온 우리 외교관 2명과 합류! 그러고는 체코 외교팀들과 이틀간에 걸쳐 미팅을 합니다. 그다음 귀국! 이 건은 극비사항인데! 본부에서 특별히 '조창석' 씨에게만은 알려주라는 지시가 있어서 알려주기는 하는데."

말을 하고 나니 괜히 기분이 상했는지 상수를 쳐다보고,

"뭐! 특별한 일이 있겠어? 이렇게 붐비는 호텔에서 테러를 한다? 미친놈들 아니고서야, 그런 미친 짓거리 하겠어요?"

김희성의 말투를 듣다 보니 안일함과 시건방이 배어 나온다. 반말, 존댓말 섞어가며 '네까짓 게 뭔데?!' 하는 식이다. 진지함은 어디에 찾아보아도 없고, 오랜 관료생활에 젖어버린 전형적인 무사안일 공무원으로 전락해 있었다. 우선 외모만 보아도 알 수 있다. 임신 5개월은 충분히 될법한 똥배에다, 느긋한 발걸음, 말은 많고….

"잘 알겠습니다. 한 가지만 더 여쭙겠습니다! 저 막스 슈미트가 내일 방문하는 친구 집은 어디에 위치해 있습니까?"

"왜? 그건 왜 물어요? 나도 모르는데! 설마 걔네들이 독일 외교관한테 테러를 할까? 그것도 여기 독일에서? 조창석 씨 너무 예민

한 것 아니야? 사생활 영역까지 침범하면 큰 실례야!"

"하지만, 참고로 혹시 대비해서 알아두려고요! 부탁합니다!"

상수는 애원하듯이 주소만이라도 알려달라 했다.

"참! 이 사람! 짜증 나게 하네! 상상할 걸 해! 오늘 저녁 같이 먹으면서 한번 물어볼게! 밤 10시경 여기 로비에서 다시 만나! 큰 기대는 말고!"

김희성은 상수와 헤어진 후, 곧바로 서울 본부에 전화를 했다. 도대체 '조창석'이란 친구는 뭐 하는 놈인지 궁금해 죽을 지경이었다.
김희성은 그동안 '조창석(상수)'의 활약을 간략하게 전해 듣고는 놀라지 않을 수 없었다. 여기 베를린에 이미 북측 공작원들이 들어와 있으며, 공항에서의 1차 테러 계획을 사전에 막았다는 것이다. 갑자기 김희성은 오금이 저려온다.
막스 슈미트와 저녁 식사 자리에서 토요일 방문하는 친구 집 주소와 언제쯤 그곳으로 출발하는지 알려달라 했다. 행여 모를 불상사를 대비하기 위해서 상부에서 특별히 관리를 해야 한다는 말에 공감을 가졌는지 친구 별장 주소를 적어주었다.
저녁 10시 되기도 전에 김희성은 호텔 로비에서 기다렸다. 상수를 보고는

"아이고! 몰라뵈어서 정말 죄송합니다! 여기 쪽지에 필요한 것 다 적혀 있습니다!"

상수는 갑자기 180도 달라진 김희성을 보고, 어안이 벙벙한 게 사람을 잘못 보았나? 할 정도로 변해 있었다.

"나는 여기서 주현호를 철저히 근접 경호를 하겠습니다. 혹시, 필요한 것 있으시면 주저 없이 말씀해 주세요."

"감사합니다!" 한마디 하고는 뒤돌아서 빠른 걸음으로 사라져 버린다.

김희성은 자신들이 묵고 있는 10층 말고, 9층에 빈 룸을 하나 더 빌렸다. 아무도 모르게 그곳으로 주현호를 옮겼다. 그리고 대신 자신은 주현호 룸에서 지내기로 하고, 막스 슈미트와 식사 후, 내일 이 호텔을 떠나기 전에 반드시 자기를 먼저 만나고 친구 집으로 떠나라고 당부하였다.

제6장

테겔 호수의 함박눈

 한편, 북 공작원들은 정말 생각도 못 한 황당한 일을 당하고, 침울한 분위기에서 김상철과 암살조 4명만 참석하는 긴급회의가 열렸다. 회의 도중 호텔 지하 주차장 CCTV 테이프를 가지고 왔다. 하지만, 중요한 5분 정도는 시커먼 화면만 보이고, 그 외 아무것도 의심할 만한 증거를 찾지 못했다. 그 잠깐 5분 동안 배기통에 마약을 달아놓은 것이다.

 "이거, 우리 조직 내에 첩자가 있는 것이 확실해! 첩자를 찾아내는 것은 이번 공작업무 끝나고 찾도록 하고, 이제 이틀밖에 안 남았어! 저쪽 힐튼으로 떠나고 나면, 작업하기가 상당히 어려워! 온 사방에 CCTV 깔려 있고, 사법경찰, 호텔 경비원들이 10미터 간격으로 있는데, 실행하기가 거의 불가능하다 보면 돼!"

"자! 토, 일요일 이틀 동안 수단과 방법을 가리지 마라! 모두 알겠지!"

"예, 총책 동무!"

김상철은 35호실로부터 막스 슈미트, 주현호 둘의 시간대별 일정이 나오면 바로 구체적인 계획을 잡아보려 했지만, 한참을 기다려도 평양에서 연락이 없다.
저녁 늦은 시간, 연락이 왔지만,

"그들 일정에 특별한 정보는 알 수 없음! 아마 호텔에 이틀 머무르거나 아니면 정보를 숨기거나 둘 중에 하나다. 정보가 뜨는 대로 급전을 보내겠음."

한참을 골몰히 생각하던 김상철은 업무 분담을 지시한다.

"2명은 막스 슈미트를 맡고, 나머지 2명은 주현호를 지금 바로 행동에 옮긴다. 반드시 호텔을 벗어난 장소에서 실행한다. 토요일 밤 자정 안에 모든 일 처리 끝내고, 일요일 오전에 동독으로 넘어간다!"

마약 조직원 보스 펠릭스의 인맥을 총동원하여, 호텔 내 등록된 방문 차량 리스트를 손에 넣었다. 호텔에 숙박하는 숙박객이 가지고 온 차량 리스트와 차 소유주 이름, 룸 번호 등을 다 대조해 보았다. 그중에 막스 슈미트가 묵고 있는 룸 번호와 일치하는 차를 발견했다. 그날 밤늦게 지하 주차장으로 잠입한 공작원들은 막스 슈미트 차량 보닛을 열고, 적당한 곳에 위치 추적용 발신 장치를 부착했다.

막스 슈미트는 토요일 오후 호텔을 벗어나 테겔 호수로 가는 고속도로로 접어들었다. 대학 절친 부부들과 3년 만에 만난다. 원래 금요일 저녁 5시경 파티 약속이 되어 있었으나 갑자기 입국 일정이 연기되는 바람에 토요일 오후로 다시 잡았다. 1월의 베를린 날씨가 늘 그러하듯이 쌀쌀한 영하의 날씨에 눈도 함께 흩날리기 시작한다. 오늘 하루만큼은 모든 업무 다 내려놓고 밤새워 친구들과 술 마시고, 노닥거리고 싶다는 마음밖에 없다.

30여 분 지나자 눈송이가 굵어지면서 한 폭의 그림 같은 테겔 호수의 멋진 경치가 펼쳐진다. 벌써 저 멀리 별장 굴뚝에는 연기가 피어오르고, 별장 앞 주차장에는 친구들 차들이 주차해 있는 모습이 보인다.
  차 엔진 소리에 친구들이 뛰쳐나오고, 얼싸안고 볼과 볼을 맞대고 난리법석이다.
  곧이어 그 와이프들도 나와서 슈미트를 반긴다. 그래도 친구들

중에서 제일 잘나가는 장래가 촉망되는 친구 중 한 명이다.

점차 별장 안 거실에는 웃음소리와 함께 파티가 시작되고 있었다. 원래 호수가 보이는 별장 거실과 연결된 베란다 쪽에 원목으로 만든 덱에서 호수 바라보며 바비큐를 즐기기로 계획하였으나 눈이 계속 쌓이고 찬 바람이 만만찮다. 그래서 실내에서만 파티가 이루어지고 있었다.

이때 2대의 검은 SUV 차량이 어둠과 함께 별장 가까이 있는 큰 나무 아래에 조용히 주차를 한다. 모두 복면을 하고, 중무장을 했다. 총 6명이다. 암살조 2명, 현지 공작원 4명, 보안을 핑계로 마약 조직원의 길 안내는 이번 업무에서 제외하였다. 대신 현지 공작원들이 도로 운전을 대행하고 있었다. 총 5명이 중무장한 채 내리자, 차량 1대는 별장 가까운 곳으로 다시 차를 이동하고 있었다. 한 명은 그 차 안에서 대기하고 있는 게 보인다.

한편, 상수와 연수는 이미 4시간 전 이곳에 도착, 이 모든 상황을 망원렌즈 카메라로 세심히 지켜보고 있었다. 베를린을 떠나기 전 연수는

"상수 씨, 오늘도 눈이 오려나 봐요? 그때 그 주택 발코니! 저를 구하러 왔을 때도 눈이 많이 왔었는데!"

"정말 그러네요! 오늘은 슈미트 씨 구하러 가는데… 아무런 사건이 없으면 좋으련만! 참! 혹시 모르니까! 장비들 다 잘 챙기셨죠? 사실, 이런 목숨이 걸린 위험한 곳에 연수 씨 데리고 간다는 게 말도 안 된다는 생각이 들어요! 지금도 늦지 않았어요! 나 혼자 갔다 올게요! 오늘은 그냥 집에 있는 게 좋을듯싶네요! 날씨도 그렇고!"

"제발! 상수 씨 그런 말씀 마세요! 제가 할 수 있는 모든 역량을 다해서 저들의 만행을 막고 싶어요! 죽는다 해도! 절대 상수 씨 원망 안 해요!"

단호한 연수의 결심에 상수도 더 이상 '그만두라.'는 말을 할 수가 없었다.
그래서 눈발이 휘날리는 고속도로를 달리고 그 종점인 테겔 호수까지 왔다. 주변에 펼쳐진 장엄한 눈꽃 축제를 가슴 벅차게 둘은 보고 있는 중이었다.

"상수 씨! 너무 아름다워요!"

불안한 인생! 버려진 인생! 어디 한 군데 기댈 곳 없이 하루를 살아가는 두 사람에게는 남녀의 본능적 카타르시스가 스며들기 시작했다. 이미 마음은 한 덩어리가 되어가고 있음을 느낀다. 비록 아직까지 손 한번 잡은 적은 없지만,

"정말, 그들이 테겔 호수 별장까지 온다면, 우리 주변 가까운 곳에 내부 첩자가 있는 게 확실해요! 이들이 올지, 안 올지도 모르는데, 미리 경찰에 신고할 수도 없고, 신고한다고 해봐야 여기 오는 동안에 사건은 끝나 있을 테고…."

그러한 말을 하고 있는데, 공작원들의 SUV 차량이 접근하는 것을 보았다.

"와! 정말 연수 씨, 말! 그대로네요! 대단합니다. 지독한 놈들이에요! 수단과 방법을 안 가리네!"

중무장을 한 공작원 5명이 내리고 별장으로 움직이자, SUV 차는 도로 쪽으로 방향을 돌려 주차를 한다. 한 명은 내리지 않고 주변 경계를 서고 있는 듯 보였다.

"상수 씨! 일단 저 차에서 외곽경비 서는 운전자부터 제압하는 게 좋을 것 같은데요!"

무장 공작원들 5명이 별장으로 접근해 가는 것을 보고, 상수와 연수 둘은 방탄복에 권총, 탄창, 소음 총, 연막탄, 최루탄 챙길 수 있는 것은 다 챙기고, 어둠 속에서 차 가까이 다가갔다. 차 트렁크를 '쿵쿵' 두드리고는 차 옆에 몸을 숨겼다. 운전석에 앉아 있던 공작원은 깜짝 놀라며, 소음 권총을 장전하고 조심스럽게 차 문을 열고 내린다.

공작원은 SUV 차에 등을 붙이고 게걸음으로 조금씩 조금씩 차 트렁크 쪽으로 이동하고 있다. 뒤 트렁크 쪽으로 고개를 내미는 순간! 연수의 소음 총이 '슛' 하며 불을 뿜는다. 1초의 망설임도 없이 공작원의 이마를 관통시키는 연수를 보고, 상수는 총을 놓칠뻔하였다. 바닥에 쓰러진 공작원을 향해 한 번 더 총구를 들이댄다.

방금 전, 흰 눈을 보고 '아름답다.'고 감탄을 연발하던 그 감성적인 여인이 맞나 할 정도로 전투에 돌입했을 때는 완전히 다른 사람으로 변해 있었다.
누워 있는 공작원을 살피더니 숨이 끊어진 것을 확인하고, 총을 거둔다. 멍하니 서 있는 상수를 보고

"죄송해요! 망설이면 안 돼요! 바로 죽여야 합니다! 안 그러면 저들 손에 우리가 먼저 죽어요!"

연수의 논리는 간단했다.

둘은 바로 무장 공작원들 뒤를 따라갔다.
이미 저 멀리 집 주변까지 도달했다. 무장 공작원들의 그림자들

이 어른거린다.

  3명은 집 안으로 들어가려고, 외부도어 쪽으로 가고 있고, 나머지 2명은 외부에서 전화선을 끊는 모습이 보인다. 그리고 도망 나오는 사람들을 잡기 위해 옆 창문 등에 흩어져 경계를 서는 게 보였다.

  안에는 시끄러운 음악 소리! 웃음소리! 파티가 절정에 이르렀다. 문 앞에 다다르자, 문을 노크해도 음악 소리 때문에 들리지 않자, 도어록을 총으로 부쉈다.

  모두들 화들짝 놀라며 문 쪽으로 눈길을 돌리자, 복면을 한 무장 괴한 셋이 거실로 훅 들어와, 총을 겨누고

"모두 두 손 들고 저 구석으로 가!"

  그러고는 천장 대형 크리스털 조명등을 총으로 쏴서 박살을 낸다. 파티는 한순간 난장판이 되었고, 그들이 가리키는 구석으로 우르르 다 몰려갔다.

  그래도 독일 말을 어느 정도 구사하는 현지 공작원이 외친다.

"여기, '막스 슈미트'가 누구야! 앞으로 나와!"

  모두 서로 눈치 보며 망설이자, 여자 한 명의 머리채를 잡고, 총을 겨눈다.

"셋 셀 때까지 안 나오면 이 여자 바로 죽는다!"

"그만 하세요! 내가 '슈미트'요."

'슈미트'가 앞쪽으로 걸어 나온다.

그때 먼 곳에서 창 안에 어렴풋이 비치는 상황을 지켜보던 상수는 이제 조금의 망설임도 없어졌다. 연수와 눈빛을 주고받고는 외부 집 밖에서 경계를 서고 있는 공작원들 각각 한 명씩을 겨누고 총을 발사했다. 상수의 권총에서 나는 큰 굉음이 밤하늘에 울려 퍼진다. 한 명은 팔에 총을 맞고, 한 명은 가슴을 맞았다. 팔에 총을 맞은 공작원은 상수를 향해 연발로 총을 쏘고 있었다. 외부에서 총소리가 심하게 들리자, 막스 슈미트를 겨누고 있던 공작원 둘은 급히 문밖으로 뛰쳐나왔다.

이들 공작원들 모두 8군단에서 특수훈련을 받은 베테랑 공작원이다. 밖으로 나온 공작원 2명은 황당한 상황을 보게 되었다. 그중에 한 명은 가슴에 총을 맞고 숨을 헐떡이고 있고, 한 명은 팔에 총을 맞아 피가 멈출 줄 모른다. 이 2명의 동료들을 본 암살 공작원들은 눈이 뒤집어졌다. 그들의 전투가 시작되었다. 상수는 큰 나무를 엄폐 삼아 둘을 겨냥해 번갈아 총을 쏘고 있었다. 서로서로 틈만 보이면 총이 불을 뿜는다.

이때 연수는 재빨리 어둠 속으로 빠져들어 가, 집 뒤쪽 베란다로 숨어들었다.

'집 안에 침투한 공작원의 목표는 단 하나다! '슈미트'를 보는 즉시 사살하고 철수하는 것이다. 시간이 없다.'

이들의 행태를 누구보다 잘 아는 도연수는 조금의 망설임도 없이, 뒤 베란다 창문을 총을 쏴서 부수고, 거실 구석에 모여 있는 사람들을 향해 가지고 있는 연막탄을 던졌다. 순식간에 집 내부 전체는 희뿌연 연기로 가득 찼다. 동시에 공작원 가까이에는 최루탄을 터트렸다. 질식할 것 같은 매콤한 연기와 희뿌연 연기가 뒤섞여 눈물, 기침, 콧물, 눈을 뜰 수가 없다.

슈미트를 향해 방아쇠를 당길 순간의 여유도 주지 않고, 아수라장을 만들어 버린 것이다. 고함 소리, 울음소리, 기침 소리. 내부는 아무것도 보이지 않게 되었다.
이때 슈미트는 재빨리 주방 쪽으로 도망쳐 숨었다. 이를 눈치챈 공작원은 달아나는 슈미트를 향해 희뿌연 연기 속으로 총을 난사했지만, 더 이상 매워서 실내에 있을 수가 없었다. 문을 열고 밖으로 뛰쳐나오며 고함을 지른다.

"모두 철수! 모두 철수!"

상수와 한창 총격전을 벌이던 두 공작원은 '철수하라.'는 말을 듣고 뒷걸음치면서 SUV 차량 쪽으로 달아나고 있다. 한 명은 가슴에 총 맞은 동료를 둘러업고, 팔에 총 맞은 친구는 마비가 오는지 비틀거리며 힘겹게 뒤따라 도망가고 있었다. 어둠 속에서 빗발치듯 쏟아지는 총알을 볼 때 한두 명이 아니다 라는 판단을 했다. 차에 도착 후 또 한 번 놀랐다. 차 옆에는 머리에 총을 맞고 공작원 한 명이 죽어 있는 게 아닌가? 급히 시체와 부상당한 동료들을 싣고 도망가기 바빴다.

멀쩡한 놈은 3명이다. 차를 전속력으로 몰고 달리는데 시트 바닥이 피로 물들기 시작한다. 다리에 힘이 빠져 가만히 아래를 보니, 종아리에 구멍이 났는지 피가 철철 흘러나온다. 얼마나 급했던지 다리에 총을 맞은 줄도 몰랐다. 급히 차를 세우고 다른 공작원으로 교대 했다. 죽어라 고속도로를 달렸다. 너무나 처참했다.

죽기 아니면 살기로 도망가는 그들을 보고, 상수는 연수를 찾았다. 뒤쪽 베란다에서 걸어 나오는 연수를 발견하고

"연수 씨! 괜찮은 거예요?"

"예, 저는 괜찮아요. 상수 씨는? 빨리 저 안에 들어가 봅시다."

연수는 문 입구에서 독일어로

"여러분! 테러범들은 다 도망갔어요! 이제 안심해도 됩니다!"

눈물, 콧물, 기침으로 가득 찼던 거실은 연기가 걷히면서 서서히 그 윤곽이 드러났다. 아직 극도의 두려움에서 벗어나지를 못하고 서로 부둥켜안고 엉엉 울고 있었다. 슈미트는 그 사람들 주변에서 보이지를 않는다.

"슈미트 씨! 어디 계세요?!"

고함지르며 여기저기 찾아다니다가, 주방 바닥에 피를 흘리며 쓰러져 있는 슈미트를 발견했다. 급히 일으켜 세우니, 모깃소리만 하게

"저 괜찮아요!"

보니 허벅지에 총알이 관통하여 피가 상당히 많이 흐른 상태였다. 조금 지나자 집이 떠나갈 듯한 앙칼진 여자 괴성이 들린다. 남자 친구 중 한 명이 가슴에 관통상을 입고 죽은 듯이 누워 있다. 아직 숨은 끊어지지 않은 상태여서 급히 경찰과 앰뷸런스를 부르려고 전화기를 들었으나 이미 공작원들이 전화선을 끊어놓은 상태였다.

상수와 연수는 차를 몰고, 우선 부상당한 두 사람부터 가까운 병원으로 옮기기로 했다.

차 안에서 간단한 지혈 조치와 심폐소생술을 번갈아 하며, 응급처치를 하고, 상수는 영어로 슈미트에게

"슈미트 씨! 큰일 날뻔했어요! 저들은 북에서 입국한 테러 집단이에요! 저희는 남측 정보기관에서 나온 정보부 사람들입니다."

상수의 말을 들은 슈미트는 고맙다는 말을 수도 없이 한다.

"아니, 그러면 지금쯤 같이 온 주현호 씨도 같은 위험에 처해 있을 것 같아요!"

이런 와중에도 슈미트는 주현호 걱정을 하고 있었다. 순간 연수는 '맞아! 이들은 아마, 동시에 공작과업을 진행했을 수도 있겠다.'

가까운 병원에 도착과 동시에 응급실에 둘을 인도하고, 상수와 연수는 바로 주현호가 머물고 있는 호텔로 향했다. 이미 시간은 자정을 향해가고 있었다. 슈미트 또한 응급실에서 경찰 수뇌부에 전화하여 지금의 테러 상황을 전하고, 급히 호텔에 경찰을 보내어 주현호를 경호해 달라고 부탁하였다.

한편 호텔에 머물고 있던, 김희성은 슈미트가 친구들과의 파티에

참가하기 위하여 테겔 호수로 떠나고 주현호와 함께 호텔 레스토랑에서 저녁을 먹었다. 새로 예약한 9층 룸으로 안내하고, 원래의 주현호 방은 비워두었다. 주현호는 방을 나올 때마다 주변을 살피면서 매우 조심하는 편이었다.

식사 후 주현호를 룸까지 안내하고 김희성은 적적한 마음도 달랠 겸 호텔 위스키 바에 들렀다.

'그냥 딱 한 잔만 하고 가자!'

밤이 깊어지자 카페에는 점차 손님들로 가득 찬다. 주로 외신기자들이 많이 방문하는 호텔이다 보니, 대화 언어들이 영어, 불어, 일본어, 완전히 도떼기시장판 같다.
위스키 몇 잔에 벌써 취기가 올라온다. 언제부터인지 옆에 웬 곱상하게 생긴 여성이 앉아 있다. 그 여자도 김희성이 마시는 위스키를 마시고 있다. 김희성과 눈이 마주치자, 일본말로

"'밸런타인' 위스키를 좋아하시나 봐요? 저도, 늘 해외 출장 가면 '밸런타인'을 즐겨요!"

김희성은 일본어를 잘은 못하지만 대화는 할 수 있을 정도의 실력이 된다.

"아! 예! 저도 바에 오면 '밸런타인'만 마셔요! 안녕하세요? 저 한국에서 출장 왔어요!"

"반가워요! 저는 일본 마이니치 신문 기자예요! '하루코'입니다!"

김희성은 사근사근하게 접근해 들어오는 '하루코'라는 일본 여성에게 경계심이 해제되어 버렸다. 서로서로 한 잔 두 잔 권하다가 어느새 술을 한 병이나 비웠다.
여자는 이제 그만 마셔야겠다며, 일어서다가 몸을 휘청거리고는 주저앉는다.
김희성이 하루코 겨드랑이에 두 손을 넣고, 일으켜 세우자, 하루코의 몸이 김희성 가슴에 착 안긴다.

"하루코 상! 내가 룸까지 데려다드릴게요!"

"미안합니다. 김 상! 그 전에 주차장 가서 짐을 좀 가져와야 해요!"

비틀거리며, 김희성에게 주차장까지 좀 부축해 달라 한다.
김희성은 모든 긴장이 해제된 상태에서 무슨 의심을 하겠는가? 지하 주차장으로 내려가서 하루코 차 가까이 도착하자,

"김 상! 차 안에서 좀 쉬었다 가요!"

김희성은 감정이 끌리는 대로 차 안으로 빨려 들어갔다. 운전석 옆에 앉자마자 뒷좌석에서 누군가 총을 머리에 들이대고,

"소리 지르면! 머리에 바로 구멍 난다!"

그들은 김희성 입에 테이프를 붙이고 손을 꽁꽁 묶었다. 아직도 술에 취한 김희성은 이것이 현실인지 꿈인지 몽롱한 상태에서 정확한 사태 파악이 안 되고 있었다.

한편 공작원 2명은 호텔 숙박 장부를 펼쳐 들고, 주현호 룸을 확인했다. 물론 예약자는 김희성으로 되어 있었지만, 김희성이 바에서 술을 마시고 있는 동안, 공작원들은 10층 객실로 올라갔다. 시간은 10시를 지나고 있었다.

"주현호 씨! 한국 대사관에서 나왔습니다."

아무리 두드려도 대답이 없다. 김희성으로 예약된 다른 룸도 마찬가지로 노크를 하고 기다려도 인기척조차 없다. 도대체 어디에 있단 말인가? 그들은 당황하기 시작했다. 이어폰으로 '작업 성공'이란 말이 들린다. 그들은 급히 주차장으로 내려갔다.

"주현호 어느 방이야? 셋 셀 동안 말 안 하면 손가락 하나씩 자른다!"

손가락을 하나 잡고 칼을 대고 협박을 하고 있다. 술이 확 깬 김희성은 이제야 사태 파악이 되었다. '아차' 하는 순간에 납치를 당하고 이제 목숨이 경각에 달렸다.

"저기! 9층에!"

공작원들은 김희성의 주머니를 뒤적이더니 열쇠 3개를 찾았다. 그중에 9층 키도 있었다. 만일을 대비해 주현호 키까지 가지고 있었던 게 실수였던 것이다.
그들은 바로 9층으로 올라가서,

"주현호 씨, 한국 대사관에서 나왔습니다!"

잠자리에 들었던 주현호는 노크 소리와 한국 대사관이라는 말에 깜짝 놀라 문 앞에서

"누구세요? 성함이!"

그러자 도어가 철컥 열리는 소리가 들려 아 김희성 씨구나 순간 생각하였다.
이들이 룸으로 들어오는 순간 모든 것은 상황이 종료되었다. 일사불란하게 주현호 입에 마취 손수건을 대고, 늘어지는 몸을 부축

하고 바로 엘리베이터로 끌고 갔다. 시간이 늦어 복도에는 한 사람도 보이지 않았다. 엘리베이터를 타자 'FULL'이라는 버튼을 누르고 직통으로 주차장까지 내려갔다. 일사불란하게 그 둘을 차에 태우고 주차장을 빠져나간다.

30분쯤 지나서, 상수와 연수가 호텔 주차장에 들어오고, 10층 주현호 룸에 아무리 노크해도 응답이 없자, 호텔 로비에 내려가서 지배인에게 상황 설명을 하고, 그 10층 룸을 열어보자 했다. 10층 룸 안에는 아무도 없고, 9층 주현호 룸에도 없다. 호텔 지배인은 무슨 호들갑이냐며 오늘 같은 토요일에는 시내에 가서 술을 마시고 늦게 돌아올 수도 있다며, 사건을 확대시키지 말아 달라고 당부하였다. 자정이 다 되자 슈미트로부터 주현호 경호 요청을 받은 경찰들이 몰려왔지만, 이미 어디로 사라졌는지 오리무중이다.

호텔을 빠져나온 상수는 허탈했다. 어렵게 슈미트는 구출했으나, 나머지 두 사람은 어디에서 찾을 것인가.

"이번에는 이들 목표가 암살이니 바로 죽일 것 같은데!"

"글쎄요! 죽이는 것은 언제든지 할 수 있으니까 모든 정보 다 빼내고 죽일 것 같아요!"

"어디로 데려갔을까? 혹시 감 잡히는 데 있습니까?"

"내 생각이 맞는다면, 그 무역회사 사무소 지하실로 데려갈 것 같아요! 그곳은 두꺼운 벽으로 위장되어 있어서 외부에서 절대 못 찾아요! 마약 보관, 총기류 보관, 1호 물품들, 공화국 핵심 자료들 그곳에 보관하는데, 가끔 고문 장소로도 활용해요! 그런데 그 지하실 침투는 거의 불가능합니다."

"일단, 슈미트를 통해서 경찰에 신고를 하도록 유도하고, 그 건물 수색하면 뭐라도 안 나오겠어요? 우리는 그동안 그 건물 주변 잠복하면서 사태의 추이를 지켜봅시다!"

상수는 급히 슈미트가 입원해 있는 병원을 들러 자초지종을 설명했다. 슈미트는 바로 경찰 수뇌부에 주현호 납치 사건을 알리고, 그 북한 무역회사 건물을 수색하도록 요청하였다.
상수는 바로 연수와 함께 그 건물을 향해 달렸다.

제7장

동물병원

한편, 김상철은 슈미트를 살해하러 갔던 그 공작원들의 처참한 피해 상황을 접하고, 응급 치료를 위하여 마약 조직원들 명의로 운영하고 있는 '동물병원'으로 그들을 이송하였다. 철저한 보안이 요구되는 이때 조금이라도 경찰에 빌미가 잡히면 만사 도로 아미타불이다.

다행히 주현호 공작조로부터는 '납치 성공'이라는 기쁜 소식을 들었다. 그리고 무역회사 건물 쪽으로 오고 있다는 무전 연락을 받았다.

그들은 곧바로 건물 지하 주차장에 주차를 하고 김상철의 지시를 기다리고 있었다. 김상철은 직감적으로 '이 건물'은 위험하다는 생각이 들었다. 당직자들에게 무역과 관련 없는 모든 자료들은 폐기

처분하고 일체의 흔적도 남기지 마라 지시를 하고 본인 또한 중요한 자료들을 폐기하느라 다소 시간이 지체되었다.

　김상철은 지하에서 대기하고 있던 납치 차량 운전자에게 제2장소 즉 '동물병원'으로 되돌아가라는 지시를 하고는, 본인도 심복 2명을 대동하고 그 납치 차량 뒤를 따라가고 있었다.

　이때 도착한 상수는 주차장에서 방금 빠져나오는 차량을 발견하고, 어찌 할 바를 모르고 있었다.

　"상수 씨! 저 차 따라가요! 얼핏 김상철이 보였어요!"

　상수는 일단 연수의 말을 따르기로 했다. 그 건물을 빠져나오는 차를 보고 상수는

　"눈치를 챈 것 아닐까요! 저 건물을 떠나 다른 곳으로 가는 것 같은데요! 도대체 어디로 가는 거지?"

　"저 건물 외 다른 곳이라면 도심 외곽에 있는 '동물병원' 아니면, 마약 유통조직 사무실이 있는 나이트클럽 지하 사무실, 그런데 지금 가는 길은 '동물병원' 쪽이에요!"

"아니, 갑자기 동물병원은 왜요?"

"그곳에서 정식으로는 병원에 가지 못하는 총상 환자들 비밀리에 치료도 하고, 임시로 가끔 공작원들 은신처로도 사용해요! 겉으로는 독일인이 운영하는 것처럼 보이지만, 마약 조직원들 명의를 빌려 북한 자금으로 운영하고 있어요. 아마 테겔 별장에서 부상당한 공작원들 다 그곳에서 치료받고 있을 거예요. 납치한 두 사람 주현호, 안기부 직원 김희성 데려다가 정보 다 캔 다음 그 '동물병원'에서 살해할 것이 확실합니다."

그 동네를 벗어날 즈음, 사이렌 소리가 들린다.
온 동네 떠나갈 듯한 사이렌을 울리며 경찰차들이 떼를 지어 나타났다. 자정이 넘은 시간 경찰은 건물 구석구석 다 뒤졌지만, 납치 흔적은커녕, 그 흔한 담배꽁초 하나 건지지 못했다. 너무나 이상할 정도로 사무실이 깨끗하게 정돈되어 있었던 것이다. 허위 제보라는 결론을 내리고 철수하였다.

달리는 차 안에서 김상철은 이 일련의 실패들을 곰곰이 생각해보았다.

'꼭 결정적일 때, 누군가가 나타나서 공작을 방해한다! 누구야? 도대체!' 그러자 불현듯 도연수의 얼굴이 떠오른다. '그래! 이년이 틀림없어! 그때 다가구 주택 탈출 시 펠릭스가 남자 조력자가 있다고 했다! 그 이상수란 놈! 그놈과 붙어서 우리 공화국을 망가뜨리고 있다!'

그 결론에 이르자, 연수가 알고 있는 내부 정보망들을 재삼 점검해 보아야겠다고 생각했다. 그런 깊은 생각에 빠져 있는데, 운전자가

"총책 동무! 차 1대가 아까 출발 때부터 따라오는 것 같습니다! 보였다 안 보였다! 그런데 가만히 보면 같은 차가 틀림없습니다!"

"그래? 이것들 잘 걸렸다! 한판 붙자구! 간나 새끼들! 저기 알지! 그 철교 밑으로 들어가! 거기서 다 죽여줄 테니까!"

갑자기 앞서가던 김상철 차가 방향을 바꾸어 도심을 벗어난 지역으로 들어가는 게 보였다. 상수가 머뭇거리자, 연수가 말했다.

"우린 그냥 이대로 모르는 척 직진해 갑시다! 우리 차를 눈치챈 것 같아요! 그 동물병원 먼저 가서 주변에 주차하고 기다려 봅시다!"

뒤따라오던 상수 차가 방향을 바꾸지 않고 직진해서 계속 가는 것을 보고,

"이 바보 같은 새끼!" 하며 김상철은 운전자 머리를 호되게 한 대 쥐어박는다.

10여 분 더 달리자 베를린 외곽, 칠흑 같은 어둠 속 희미하게나마 먼 곳에서 주택 유리창에 불빛이 드문드문 보인다. 시간은 이제 일요일 새벽 3시를 가리키고 있다. 그렇게 내리던 눈도 그치고, 눈에 덮인 허름한 단층 건물, 큰 문 옆에 동물병원이라는 간판이 보인다.

상수는 일단 눈에 잘 띄지 않는 장소에 차를 주차하고, 오던 길을 주시하고 있었다. 정말 연수 말대로 승용차 1대, SUV 1대가 동물병원을 향해 들어오고 있는 게 보였다. SUV 차에서 머리에 검은 두건을 쓰고, 두 손을 묶은 두 사람을 조심스럽게 동물병원 안으로 데리고 들어가는 모습이 보이고, 공작원들도 하나둘씩 차에서 내리면서 동물병원 안으로 함께 들어간다.

"연수 씨! 저 두 사람의 목숨은 파리 목숨인데, 이제는 경찰에 연락해도 우리 말을 믿겠어요? 그렇다고, 무작정 뛰어들 수도 없고!"

"상수 씨! 저는 그 테겔 호수에서 한국의 무기 중에 최고의 무기를 발견했어요!"

"예? 무슨!"

"최루탄! 연막탄! 겨울이니 모두 창문을 굳게 닫고 있잖아요! 그때 만일 최루탄이 없었으면 슈미트는 죽었을 거예요! 이번에도 그 방법을 한 번 더 사용해 보죠! 전번처럼 저 승용차들 어딘가에는 틀림없이 외주 경계 서는 공작원이 있을 거예요!"

잠시 말을 멈추고 연수는 지긋이 입술을 깨물고 나서 다시 말을 이어간다.

"우선 차에서 외주 경계 서고 있는 자부터 처단하고, 다음 동물병원으로 연결된 메인 전기 차단 후 가지고 있는 연막탄, 최루탄 다 병원 안에 터트리는 거죠! 우리는 문밖으로 나오는 공작원들을 모두 저격하는 겁니다."

상수 얼굴을 쳐다보고,

"그 최루탄 장난 아니던데요. 아직도 코가 찡해요! 상수 씨는 대학 다닐 때 많이 맡아보았겠지만…."

거침없는 도연수의 아이디어를 듣고, 상수는 이 여자는 왜 이렇게 적극적인가? 의아해하지 않을 수가 없었다. 아무리 상수가 자신의 목숨을 몇 번 구해주었다지만, 지금부터 전개되는 총격전은 목숨을 내놓고 싸워야 하는 가장 극한 상황이 펼쳐질 수도 있는데…

도대체 이 도연수란 여자는 왜? 현시점에서는 도저히 이해할 수가 없었다.

김상철은 동물병원에 들어서자마자, 슈미트 암살을 위해 테겔 호수로 파견 나갔다가 죽은 동료들의 시체 쪽으로 달려갔다. 그리고 팔과 가슴, 종아리에 총상을 입고 누워 있는 공작원들도 보았다. 지금까지 10여 년 동안 유럽에서 공작 활동을 전개해 왔었지만, 오늘처럼 이렇게 처참하게 당한 것은 처음이다. 그나마 35호실에서 공화국 배신자로 낙인되어 제거 대상 1호인 주현호를 납치해 온 게 다행이라고 마음속에서 작은 위로를 하고 있었다.

시간은 4시를 지나고 있다. 공작원들 모두 지칠 대로 지쳐 있는 것을 본 김상철은 일단, 식사와 함께 휴식을 취하라 지시하고 납치한 두 사람에 대한 처리는 아침 일찍 하기로 정했다. 공작원들은 총기를 풀어 놓고, 여기저기 흩어져 자리를 잡고 잠을 청하고 있었다.

1시간 정도 시간이 지나고 상수와 연수는 행동을 시작했다. 아니나 다를까? 연수의 말대로, SUV 차 안에서 외주 경계를 서고 있는 한 공작원을 보았다. 그도 지쳤는지, 차 안에서 잠을 청하고 있었다. 순간, 상수가 차 문을 열고, 연수는 바로 소음 총으로 머리를 쏘았다. 동물병원 간판의 희미한 불빛이 유일한 불빛이다. 서로 위치를 정한 다음, 상수는 병원으로 연결되는 메인 전원 스위치를 내렸다. 순식간에 병원 및 주변 모두 캄캄한 흙빛이 되었다. 연수와 상수는 양쪽 창문으로 연막탄, 최루탄, 가지고 있는 모든 것을 다 까 넣었다.

김상철은 잠결에 전등불이 나가는 듯한 느낌을 받았다. 조금 지나자 여기저기서 '펑! 펑!' 수류탄 터지는 소리가 들리더니만, 연기가 자욱해지며, 매캐한 최루가스가 바닥에 깔리기 시작한다. 공작원들 모두 기침, 콧물, 눈물, 재채기를 견디기 어려울 정도의 매운 가스가 병원 전체로 퍼지고 있었다. 모두들 급히 탈출구를 찾고 있었다.

앞문에는 상수가 총을 들고 있었고, 뒷문에는 연수가 총을 들고 서 있다.
코를 잡고 뛰쳐나오는 공작원들을 향해 상수 총은 불을 뿜었다. 뒤 따라 나오던 다른 공작원은 눈물 속에서 어렴풋이 총을 맞고 쓰러지는 동료들을 보았고, 급히 다른 뒷문 쪽으로 달려 나갔지만 그쪽 또한 나가자마자 총을 맞고 쓰러진다. 김상철은 동료들 이름을 부르고, "총!" "총!" 하고 외쳤지만, 짙은 연기 속에서 1미터 앞도 보이지 않는 데다가 눈물, 콧물, 재채기 때문에 말을 할 수가 없다. 총이 어디에 있는지 동료들이 어디에 있는지 감을 잡을 수가 없다. 아비규환 그 자체였다.

한 30분 정도 지나자 어느 정도 최루가스가 가라앉고 있는 듯 보였다. 희미하게 동료들이 보이곤 했지만, 최루가스를 처음 겪어보는 북한 공작원들은 손가락 하나 까닥할 힘조차 없이 기진맥진해 누워 있다. 숨만 들이켜면 기침과 함께 폐를 찌를듯한 고통이 온몸을 휘감는다. 조금 지나자 천장에 달린 백열등에서 불이 들어오고, 정문이 열리면서 방독 마스크를 쓴 상수가 들어온다. 기침 소리 나는 공작원들을 향하여 확인 사살 하고 있었다. 김상철은 수건을 입에 대고 죽은 듯 엎드려 누워 있었다. 숨을 쉬면 안 된다. 기침 소리를 내는 순간 상수의 총이 발사된다. 조금 있으니 뒤쪽 문도 열리면서 또 한 명의 방독 마스크를 쓴 사람이 들어온다. 몇 명 남지 않은, 살아 움직이는 공작원들을 향해 사살하고 있었다.

상수는 급히 납치된 두 사람을 찾았다. 구석진 룸에 두건 쓰고 손이 묶여 있는 두 사람을 발견했다. 실신한 상태로 누워 있었다. 그들 또한 심한 기침과 매캐한 연기에 견디지를 못하고 실신한 것이다.

"여기 두 사람 찾았어요! 빨리 떠납시다!"

"잠깐만요! 저 잠깐 확인할 게 있어요!"

상수는 이제 공작원들 모두 죽었다는 생각에, 기절한 주현호, 김희성 각 한 사람씩 둘러메고, 병원 밖 벤치에 눕혀놓았다. 두건을

벗기고, 묶인 손을 풀고 뺨을 때리면서,

"이제! 정신 차리세요!"

도연수는 공작원들 시체를 하나하나 확인하고 있었다. 철천지원수 김상철을 확인하기 위해서이다. 얼마나 이 순간을 기다려 왔던가! 정말 잔인하게 죽이고 싶었다.

얼굴을 수건에 처박고 있는 김상철을 발견하고 몸을 뒤로 돌리려는 순간 김상철은 도연수의 목을 주먹으로 심하게 내질렀다. 그녀는 얼떨결에 급소를 맞고 멀리 나가떨어졌다. 김상철은 재빨리 도연수의 총을 쥐고, 가쁘게 숨만 헐떡이고 있는 도연수를 겨누었다.

순간, 도연수는 눈앞에 어린 아들의 얼굴이 스쳐 지나가는 것을 본다.

'이렇게 원수의 손에 허무하게 죽는구나!' 마음속으로 되뇌이고 눈을 감았다.

"야! 네년이 모든 것을 망쳤구나! 이! 쳐 죽일 년!"

그리고 방아쇠를 당기려는 찰나, 문을 열고 들어온 상수가 이 광경을 보고,

"야! 이 개자식아!" 고함치며 맨손으로 한달음에 달려들었다.

그러나 이미 총은 도연수를 향해 발포된 후였다. 김상철은 뒤돌아서서 달려드는 상수에게 총을 쏘았으나 '딸깍!' 소리만 난다. 총알이 없다!

상수의 앞발차기에 턱을 가격당한 김상철은 맥없이 쓰러지고, 그는 넘어진 김상철의 머리를 있는 힘껏 걷어찼다. 머리는 몸과 분리될 듯한 충격으로 심하게 흔들거리고, 상수는 분이 안 풀리는지 다시 김상철의 머리를 휘어잡고 180도 힘 있게 돌렸다. 목뼈 부러지는 소리가 '우두둑' 들린다.

도연수에게 달려갔다. 다행히 어깨를 관통한 듯 보였다. 상수 고함 소리에 김상철의 총이 잠시 흔들린 것이다. 출혈이 심했다. 금방 주변이 피로 물든다. 상수는 웃옷을 벗어 지혈을 하고

"연수 씨! 연수 씨! 나를 봐요!"

계속 흔들자 의식이 돌아오는지 초점 잃은 눈으로 상수를 멍하니 보고 있다.

연수를 안고 밖으로 나왔다. 벤치에 앉아 있던 둘은 그제야 정신이 들었는지 상수와 함께 연수를 둘러업고 차를 향해 달렸다. 어

떻게 고속도로를 달려왔는지 기억이 없다. 병원이라고는 슈미트가 입원한 병원만 떠올랐다. 응급실에 도착하고 수술실로 들어간 것을 보고, 그제야 상수는 제정신이 돌아왔다. 수술실 큰 유리문이 굳게 닫혀 있는 것이 보인다.

간호원이 나오더니,

"출혈이 심해서 긴급으로 수혈할 혈액이 필요합니다! A형 피, 있습니까?"

"내가! 내가 A형입니다!" 상수가 말하자

"저도 A형입니다!" 주현호도 A형이라고 말한다.

둘은 급히 피를 뽑고, 수술실 복도 의자에 앉아 긴 시간을 기다렸다. 상수는 연수를 생각하자 갑자기 감정이 복받쳐, 저 깊은 마음속에서 슬픔이 솟아오르는 것을 느꼈다. 그 슬픔이 눈물 되어 뺨을 타고 흐른다.

"수술은 무사히 잘 끝났습니다!"

수술을 마치고 나오는 의사가 위험한 고비는 넘겼지만, 조금 더 환자 상태를 지켜보자는 애매한 말만 하고 떠났다.

상수는 김희성 그리고 주현호 두 사람에게 다른 병동에 입원해 있는 슈미트를 만나도록 권하고, 당분간 북측 테러 위험은 없을 것이라고 안심시켰다.

모두 떠나고, 상수만 병실을 지켰다. 일반 회복실로 옮긴 도연수를 보았다. 창백한 얼굴에 아직 의식을 찾지 못하고 잠자듯 누워있다.

다음 날 늦게 의식이 돌아왔다. 의사가 오고, 몇 가지 체크를 하더니,

"이제 한고비 넘겼습니다. 그렇게 피를 많이 흘리고도, 정말 건강 체질입니다!"

일주일 더 병원 치료를 받고 나니, 어느 정도 몸을 추스를 수 있는 상태까지 되었다. 퇴원 전에 슈미트가 휠체어를 타고 그의 수행원들과 함께 상수를 찾아왔다.

힐튼 호텔에서 실무자급 미팅은 순조롭게 잘 끝났고, 3월경, 한국-체코 간에 정식 수교를 하기로 합의를 보았다고, 그동안 있었던 일들을 상수에게 설명해 주었다. 그리고 자신의 생명을 구해준 은혜는 결코 잊지 않겠다면서 거듭 감사의 인사를 전하고 한국으로 떠났다.

시간이 지나면서 점차 안기부 내에 입소문으로 '조창석(이상수)'의 활약상이 회자되기 시작하였다.

당연히 서울 본부 기획조정실에 근무하는 송태호에게도 들려왔다. 그는 한편으론 기쁘기도 하고 한편으론 걱정스럽기도 하였다. '블랙요원'이란, 이름처럼 소리 소문 없이 최전선에서 활약하는 '특수활동요원'인데, 여기 서울까지 소문이 날 정도이니, 북측에서도 모를 리가 없다. 한번 유럽 출장 갈 기회가 있으면, 만나서 '특별히 조심하라.'고 당부를 해야겠다고 마음속에 다짐을 해두었다.

제8장

눈 뜨고 볼 수 없는

 한편, 베를린 동독지역에 위치한 북한 대사관 내 35호실 담당 최고 책임자 '차주영'은 김상철로부터 토요일 밤늦게 마지막 보고를 받았다. 슈미트 암살 작전은 실패했고, 주현호는 납치 성공하여 제2의 장소로 이동한다는 연락을 받았다. 그들이 말하는 제1장소는 무역회사 건물, 제2장소는 동물병원이다. 일요일 오전까지 기다려도 아무런 연락이 없다. 제1장소 당직자에게 연락을 하자, 자신들도 김상철의 전화를 기다리고 있으며, 연락이 없어 지금 바로 그 동물병원으로 가보려고 준비 중이라 한다.

 당직자는 직원 한 명을 대동하고, 동물병원으로 달려갔다. 일요일 오전이라 도로에는 차량이 거의 보이지 않는다. 동물병원 주차장에는 5대의 차량이 주차해 있는 게 보였다. 그런데 무언지 모르게 분위기가 으스스하다. 주차장에 미끄러지듯 들어가자 쌓여 있는 눈밭 위 여기저기 핏자국이 보이고, 매캐한 냄새가 언뜻언뜻 코를 스쳐 간다.

둘은 총을 빼 들고, 병원 안으로 들어갔다. 차마 눈 뜨고 볼 수 없는 광경이 펼쳐져 있었다. 피비린내와 아직 빠져나가지 않은 매캐한 냄새가 섞여 구역질을 몇 번이나 했다. 창문을 열고 환기를 시키고, 일단 시체들을 정리하기 시작하였다.

시체들을 모두 흰 천으로 덮고, 소독약을 뿌렸다. 피 묻은 바닥, 부서진 집기들을 어느 정도 정리하고 나자 그나마 눈을 뜨고 주변을 살필 수 있었다.

북 대사관 35호실 총책임자 차주영에게 긴급으로 이 상황을 보고하였다.

차주영은 아무 생각도 떠오르지 않았다. 일단 이 믿기지 않는 현실을 직접 눈으로 확인하고 싶었다. 차를 몰고, 허물어진 베를린 장벽을 지나, 밟을 수 있는 최고의 속도로 한달음에 달려왔다.

온통 머릿속에는 김상철 생각뿐이다. 최고의 전략가를 잃은 셈이다. 도대체! 누가? 8군단 최고의 테러 전문가들을! 한 명도 아니고 모두 몰살시킬 수 있단 말인가? '당분간 공작 활동은 중단할 수밖에 없다.'는 결론을 내렸다.

도착과 동시에, 차주영은 김상철을 찾았다. 흰 천으로 덮여 있는 김상철의 시체를 보았다.

그런데, 총이나 칼에 맞은 상처자국이 없다. 하지만, 머리 방향이 이상했다. 얼굴은 바닥을 보고 있는데, 몸은 하늘을 향해 있다. 목이 뒤틀려 죽어 있는 것이다.

너무나 참담하여, 차주영은 서 있지를 못하고 주저앉았다.

동물병원 내에는 1대의 CCTV가 설치되어 있었다. 당직자는 CCTV 녹화 테이프를 꺼내어 차주영에게 주었다. 당직자에게 뒤처리를 부탁하고, 차주영은 다시 동베를린 대사관으로 돌아왔다.

CCTV 녹화 테이프를 틀자, 자욱한 연기가 보이고 기침 소리만 들리면서 어떠한 상황이 벌어진 것인지 구분하기가 어려웠다. 갑자기 김상철 목소리가 들린다.

"네년이 모든 것을 망쳤구나!" 하는 고함 소리가 들리고, 곧바로 총소리가 난다.

차주영은 도대체! 네년이란 누구를 말하는 거지? 생각하며 보고 있는데,

"연수 씨! 연수 씨! 나를 봐요!" 하는 남자 목소리가 어렴풋이 들린다.

차주영은 망치로 한 대 맞은 기분이었다. 분명히 김상철은 도연수가 죽었다고 했는데, 아니 오래전에 프랑크푸르트에서 죽었다고 들었는데, 알고 보니 이 모든 것이 도연수의 작품이었구나! 이제 모든 매듭이 풀리기 시작했다.

도연수는 유럽 공작원들의 실태에 관해서 모든 것을 알고 있다. 1급 기밀사항은 물론이고, 한때 평양 '기쁨조'에 잠시 몸담았던 경험도 있어, 김정일의 사생활까지 알고 있다.

차주영은 잠을 이룰 수가 없었다. 꼬박 밤을 새우고, 월요일 날이 밝자, 차주영은 독일 전역에 흩어져 있는 모든 공작원들에게 긴급 공지를 돌렸다.

"특별 지시가 있을 때까지 모든 공작업무는 중단할 것!"

그리고 제1장소인 무역회사 건물, 제2장소 동물병원도 빠른 시간 내 모든 자료, 기물 등을 폐기하고 전 직원들은 동독 베를린 대사관으로 돌아오라 지시했다.

제9장

이상수 & 도연수

 연수의 어깨 총상이 어느 정도 회복되어, 왼손을 어깨높이까지 들어 올리지는 못하지만, 실생활하는 데 지장은 없을 정도로 되었다.

 연수가 퇴원하여 원룸에서 생활한 지도 보름이 지났다. 그동안 거의 매일 상수는 들렀다. 올 때마다, 먹을 것과 필요 생필품을 사 오고, 가끔 꽃도 사 들고 오곤 했다.

 병원에서 정신이 들고 상수에게 한 첫 번째 질문이,

 "김상철은 어떻게 되었어요?"

 "죽었어요! 제가 확인했어요!" 상수의 답변을 듣고, 연수는 깊은

숨을 들이마시면서

"이제 죽어도 여한은 없습니다!"

그러고는 눈을 감는다. 그 감은 눈 옆으로 눈물이 흘러내린다.
그 모습을 보고 상수는 왜 그런지 묻고 싶었으나 다음 기회로 미루었다.

2월이 되었다. 아직까지 영하의 날씨가 계속되고 있다.

"연수 씨! 이제 몸도 거의 회복된 것 같으니, 우리 가까운 공원에 드라이브도 하고, 외식하러 한번 갑시다."

"정말요?"

환한 미소와 함께 흔쾌히 승낙하는 연수를 보고 집으로 돌아온 상수는 지금까지 느껴보지 못했던 상쾌한 기분을 느꼈다.

금요일 아침 상수는 오랜만에 다림질한 흰 와이셔츠에 진한 청색 양복을 입고, 무릎까지 내려오는 검은 외투를 걸쳤다. 거울에 비친 자신을 보았다. 2년 전 한국을 떠나올 때, 그 순간부터 상수는 자신의 운명을 버렸었다. 그 후 많은 사건을 겪으면서 점차 이 생활도 적

응이 되기 시작하였다. 오늘 거울에 나타난 이 남자가 나란 말인가?
새삼 '참 멋있다!'란 단어가 떠오른다.

조금 지나자, 초인종이 울리고, 현관문을 열고 연수가 들어온다. 한껏 멋을 낸 연수 또한 오늘의 데이트에 흥분이 되는지 벌써 양 볼이 붉게 물들어 간다.

"아니! 상수 씨 이렇게 멋쟁이였었어요?"

"무슨? 오늘 연수 씨 보니까 외국 영화에 나오는 영화배우 같아요! 키가 왜 이렇게 커? 170 넘어 보이는데?!"

"170은 안 돼요! 오늘 굽 높은 구두를 신어보았거든! 어때 멋있지?"

그러면서 빙글 한 바퀴 돌아본다. 그 모습에 상수는 눈을 어디에 둘지를 몰랐다.

"마담! 이제 출발할까요?"

웃으며, 연수의 손을 잡고 주차장으로 내려갔다.
드라이브 코스는 베를린 서쪽 '포츠담' 관광 명소로 정했다. 차로 한 30분 거리이다.

"우리 만난 지 한 5개월 지났나요? 가만 보자! 작년 10월에 만나서 지금이 2월이니! 5개월 지났네! 그런데 느낌은 몇 년 지난 것 같아! 큰 사건을 너무 많이 겪어서 그러나?"

그러면서 연수를 쳐다보고,

"고맙다는 말을 꼭 하고 싶었어요! 연수 씨!"

연수 또한 상수를 보고,

"상수 씨 아니었으면, 나는 아마 지금쯤 저 하늘나라 가 있겠지요! 나야말로 상수 씨 덕분에 지금 살아 있는 거예요!"

상수는 손을 내밀어 연수의 손을 꼭 잡고 말했다.

"우리 그럼 서로 비겼다고 보고! 오늘은 아무 생각 하지 말고, 맛있는 것 먹고, 웃고 떠들다가 돌아갑시다!"

포츠담 공원 입구에 주차를 하고, 옛날 귀족들이 살던 궁전 건축물들을 구경하고 한참을 걸었다. 걷다가 벤치에 앉아 커피도 마시고, '포츠담 호프' 레스토랑에 들러 분위기 있는 창가에서 독일 전통 스테이크도 즐겼다. 맑은 공기, 구름 사이로 잠깐씩 비치는 겨울 햇살, 그 분위기에 휩싸여 그동안 금기시해 왔던 사적인 얘기도 조금씩 풀어내고 있었다.

 돌아오는 길, 시내에 위치한 2차 대전 전쟁기념관도 들렀다. 상수 아파트 지하에 주차를 하고 시내로 다시 나왔다. 젊은이들이 북적대는 맥줏집에 들렀다. 시끄러운 음악 소리는 잠시나마 사람의 이성을 흐리게 한다. 홀에 나가 독일 젊은이들과 함께 춤도 추었다.
 상수는 화장실을 갔다가, 홀에 들어서서 연수가 있는 테이블을 보았다. 은은한 붉은 조명등 아래 비치는 연수의 아우라가 장난이 아니다. 빈틈없이 깨끗한 하얀 피부가 멀리서도 빛을 발하고 있다. 그런데 그사이, 연수 옆에 웬 머리 노란 독일 젊은이가 앉아 수작을 걸고 있었다. 상수는 장난기가 발동되어 연수가 눈치 못 채게 옆 테이블에 앉아 독일 청년이 작업 거는 것을 듣고 있었다. 그래도 그 젊은 친구는 매너가 있고, 말 자체가 진지했다.

 "저! 여기 자주 오시나요? 이곳은 수제 맥주만 파는데, 맥주 맛이 아주 독특합니다. 입안에서 톡 쏘는 맛이 일품이에요! 저는 일주일에 한 번은 옵니다. 오늘 같은 금요일에는 꼭 들릅니다. 오늘 처음 뵙는 분 같아서, 여기 베를린 사시나 봐요! 어느 나라에서 오셨어요?"

 "아! 예! 저 한국에서 왔어요!"

너무 진지하게 말을 걸어와서 그냥 모른척하기가 머쓱하고 또 예의가 아니라는 생각에 대답했더니만,

"저, '파올 슈나이더'입니다. 여기 베를린 시청에 근무하고 있습니다."

연수는 좌불안석이다. 아니, 상수 씨는 화장실 가서 왜 아직 안 오는 거야?
이 젊은 친구와 대화하는 게 싫지만은 않지만, 점점 더 많은 말들이 오고 가는 게 불편해지기 시작했다. 고개를 들어 좌우를 둘러보니, 그 젊은 친구 옆 테이블에 상수의 뒷머리가 보인다. 연수 또한 장난기가 발동하여, 그 젊은 친구와 일부러 재미있는 얘기를 이어 나갔다. 맞장구치면서 크게 웃기도 하였다.
어느 정도 화기애애한 분위기가 지나고, 상수는 더 이상은 안 되겠다 싶어 연수 테이블에 나타났다.

연수가 그 젊은 친구에게 상수를 소개시킨다.

"인사하세요! 제 남편입니다!"

순식간에 찬물을 끼얹은 것 같은 냉랭한 분위기가 맴돌고, 크게 실망한 그 친구는 "좋은 시간 되세요." 하고는 떠났다.

둘은 바로 맥줏집을 나와 도로를 걸어가며, 상수는 연수를 놀려 먹은 것에 대하여 재밌어 죽는다.

"야! 이제 보니 연수 씨 보통 아니야! 남자 꼬시는 실력이!"

연수는 상수의 팔을 꼬집고는,

"아니, 내가 모를 줄 알았어요? 일부러 상수 씨 들으라고, 그 젊은 친구 열심히 꼬셔봤지!"

"그러다 죄받아! 그 순진한 친구 마음 설레게 해놓고!"

그러고, 연수의 어깨를 꼭 잡고, 몸쪽으로 당겼다.

"우리 군인 열병식 때처럼 발맞춰 걸어갈까? 하나! 둘! 하나, 둘!"

어둠이 깃드는 시내를 웃고 떠들고 장난치면서 걸었다. 어느새 연수 집 가까이 도착했다. 둘은 자연스럽게 룸으로 올라갔다.

"상수 씨, 위스키 한잔할래요?"

주방에서 간단한 치즈 안주와 위스키 한 병을 들고 온다.

"좋지! 자 서방님한테 한잔 따라보거라!"

"예! 서방님!"

둘은 깔깔거리고 웃었다.

연수의 마음은 항상 어둠 속 긴 터널에 갇혀 있었었다. 하지만, 오늘은 꿈 많았던 19세 소녀로 돌아와 있는 자신을 발견했다.

"나는 궁금해요! 상수 씨에 대해서! 유일하게 아는 것은 이름이 '이상수'라고! 그것밖에 몰라! 그 이름도 본명인지?"

연수의 말을 듣고, 상수는 금세 얼굴 표정이 심각해진다.

"그 이상수, 내 이름이 아니야! 여기 베를린 오면서 또 이름이 바뀌었어! 조창석으로! 나는 한국에서 죽은 사람으로 되어 있어!"

순간, 연수는 아차 싶었다.

"미안해요! 사실 저도 도연수란 이름! 제 이름, 아니에요!"

"세상에! 그럼 도연수도 본명이 아니네! 호적 이름은 뭐야?"

"너무 촌스러워서 알려주기가 좀 그래! 그냥 연수라고 불러줘요!"

이제야 둘은 자신들이 누구인가 깨닫고 현실로 돌아왔다. 한 명은 남한 정보부 블랙요원이고, 한 명은 북조선 여자 공작원, 도저히 만날 수 없는 사람들! 아니, 만나서는 안 되는 인연들이다. 한동안 침묵만 흐른다. 그냥 술잔만 기울이고 있다. 이런 분위기가 답답한지 연수가 먼저 말을 걸었다.

"한국 노래 한번 들어볼래요? 나는 한국 가수 중에 '최진희' 노래를 좋아하는데!"

"아니, 연수 씨 미안해요! 나 이만 일어날게! 오늘 정말 즐거웠어요!"

연수는 멍하니 상수를 보았다. 일어나서 현관문으로 가는 상수의 뒷모습을 보고, 벌떡 일어나 뒤에서 껴안았다. 상수는 순간 숨이 멈추는 느낌을 받았다. 연수의 손을 가볍게 떼어내려 하자,

"1분간만 이대로 있게 해줘요!"

아쉬움을 뒤로하고, 상수는 집으로 돌아왔다. '한국 노래' 얘기가 나오자 갑자기 까맣게 잊고 있었던 가슴 쓰린 한국에서의 기억이 되살아났다.

4년 전 결혼까지 약속했던 첫사랑 최정희!

절친이었던 김태성과 결혼하여 아기 엄마가 되어 살고 있는 모습을 보았다.

물론 '국제 선박보험 사기사건'에 휘말려 3년간을 아마존 정글에서 원주민 부락에 숨어 지내는 동안, 한국에서는 죽은 사람으로 확인되어 집에서는 장례까지 치렀다.

가슴에 회칼을 들이댄 듯한 살이 찢어지는 통증을 느꼈다.

아직도 최정희를 잊지 못하고 있다.

더 이상 어떤 여자와도 인연은 만들지 않겠다고 결심 또 결심을 했었다.

그리고 언제 죽을지도 모르는 불안한 이 인생에 새로운 인연을 끌어들이고 싶지 않았다.

상수가 떠나고 난 뒤, 연수 또한 가슴앓이를 하며 자책하고 있었다.

"내가 내 주제를 모르고! 한순간의 감정에 휘둘렸구나! 5살 먹은 애 딸린 엄마에다, 더럽혀질 대로 더럽혀진 몸! 아무리 살기 위해서라지만, 얼마나 많은 사람을 죽였는가! 나는 인간이 아니야! 언제 죽을지 모르는 하루살이 같은 내 인생! 언감생심! 내 주제에 무슨 사랑을! 미안합니다! 상수 씨!"

술기운과 함께 헛헛한 기분이 온몸으로 퍼진다. 침대 머리맡에 둔 성경책 커버를 벗기고, 아들의 사진을 보았다. 슬픔이 파도처럼 밀려온다. 가슴을 치면서 엉엉 울었다.

제10장

암살 전문 공작원

한편, 동베를린 북한 대사관에 있는 차주영은 고민 끝에 지금까지 있었던 모든 사건들을 종합하여 보고서를 작성하였다. 그리고 평양으로 돌아가는 대사에게 '1급 기밀'이라는 도장을 찍어 보냈다. 평양의 35호실 최고위 간부는 차주영이 보낸 보고서를 읽고 어찌할 수 없이 김정일에게 그 내용을 설명하였다. 한참을 생각하던 김정일은,

"그 도연수란 에미나이는 그때 그 '리화련'이 아닌가?"

"맞습네다! 지도자 동지!"

"내 잘 알지! 그 에미나이! 예쁘고! 똑똑했지! 그런데 공화국을 배

신하고 우리 공작원들을 다 죽였다고!?"

갑자기 주먹으로 책상을 치면서, 고함을 지른다.

"내, 한 달이라는 시간을 주갔어! 내 눈앞에 그 에미나이 죽였다는 증거 가져오라우! 알가? 실패하면, 내 반드시 책임을 묻갔어!"

서슬 퍼런 1호의 지시에 35호실 전체가 발칵 뒤집혔다. 이제 도연수 암살을 위한 특수팀을 꾸려야 했다.

보위부 소속 정보 담당 2명이 차출되었고, 암살 전문 공작원 4명, 총 6명이 한 팀이 되어 독일로 떠났다. 베를린 도착과 동시에 차주영을 만나 강경한 김정일의 지시를 전달하였다.
이제 한 달 안에 도연수를 처리하지 못하면 차주영뿐만 아니라 관련된 35호실 최고위 간부들까지 문책을 당해야 한다.

이번에 독일로 특별 차출 된 보위부 소속 정보팀은 35호실에서 극비사항으로 분류되어 있는 유럽 내 이탈리아 한국 대사관에서 간첩 활동을 하고 있는 '특수 공작원 김시철'의 정보와 연락처도 가져왔다.

차주영은 독일 전역에 흩어져 있는 공작원들에게 비상 업무를 전달했다. 도연수 얼굴과 신체구조, 특징이 인쇄된 전단지를 만들어 그들에게 배포하기 시작하였다.

외모: 서구 타입 미인형

이름: 도연수, **나이:** 33세

키: 170cm 정도, **몸무게:** 55~60kg

특징: 영어, 독일어, 프랑스어 능통함

주의사항: 총, 칼, 독침을 잘 다룸, 특공 무술 훈련받음.

첫째: 수단과 방법을 가리지 말고, 눈에 띄는 즉시 처단하라!

둘째: 이번 작전에 투입되는 경비는 아끼지 마라!

대한민국 서울.

서울 안기부 대공 수사 전담팀은 아침 뉴스 속보를 보고 깜짝 놀랐다.

최근에 수사를 마치고, 기소를 했던 대호물산㈜ 독일 지사장 박수길이 집 인근 야산에서 변사체로 발견되었던 것이다. 이 소식을 접하고 송태호는 직감했다.

'이 사건은 틀림없이 독일에서 활동 중인 이상수 요원의 정체를 알아보기 위해서 저지른 북한 남파 공작원의 짓이다! 독일에서 이상수의 전설적인 활약상을 모를 리 없다. 북측에서는 이상수가 완전히 '눈엣가시'였을 것이다. 그 일환으로 박수길을 납치, 이상수에

관해서 알만한 정보는 다 캐고 살해했을 게 뻔하다.
 송태호는 런던 지부에 '조창석(이상수)'을 담당하는 요원에게 급히 전문이 아닌 행랑 편지를 보냈다.

 그날도 평소와 다름없이 상수는 조깅을 하고, 우체국 사서함을 열어보았다. 대형 봉투에 1개의 플로피 디스켓과 편지가 들어 있었다.

 첫 번째 것은 "3월 15일 대한상공회의소에서 한국 기업인들을 대동하고 프랑크푸르트에 방문한다. 그곳에서 독일 상공인들과 '한독 경제 발전을 위한 미래 비전 선포식'을 하고, 각 산업 분야별로 구체적인 협력 MOU를 체결할 만큼 제법 큰 국가적인 행사가 개최된다. 행여 발생할 지도 모르는 테러를 방지하기 위하여 현지 정보 수집에 최선의 노력을 다해 주길 바란다."는 내용이었다.

 두 번째 것은 송태호가 보낸 것이었다. 큰형님이 동생에게 보내는 편지 형식을 취하고 있었다.

> 최근에 대호물산㈜ 독일 지사장 '박수길'이 집 인근 야산에서 변사체로 발견되었다.
> 남파 공작원들에게 살해된 것으로 보이며, 지금 상수 너의 활약상이 너무 많이 알려져 있다. 아마 너의 개인정보를 자세히 알아보기 위해서 저지른 행동 같다. 각별히 주의하고,

즉시 이름을 바꾸고 사는 집을 옮겨라!
너를 위한 노파심에서 하는 말인데, 설마 아직까지 그 여자 공작원 도연수를 만나고 있지는 않겠지?
박수길의 수사과정에서 도연수란 이름이 수도 없이 많이 나왔단다.
그리고 안기부 유럽 담당 분실(서독 본)에서는 도연수란 여자 공작원이 전향을 거부했다는 소식도 알고 있고, 향후 이 여자 공작원으로 인해 더 큰 테러 사건으로 연결되지 않을까 하는 정황적 의심을 하고 있다.
유럽에서 활동 중인 우리 측 블랙요원들에게 도연수 행방을 찾아보라는 지시를 내렸어!

상수야! 도연수에 대해서는 일말의 동정심도 가지지 말아라! 연락은 물론이고 만나지도 마라! 같이 엮이면 큰일 난다. 조심 또 조심하고 다음 유럽 출장 갈 기회 생기면 찾아갈게!

상수는 지사장 박수길의 살해 소식을 접하고 깊은 생각에 잠겼다. 한 번의 실수가 이렇게 큰 결과를 만들어 내는구나. 본인의 죽음은 그렇다 치고, 그 가족들이 앞으로 겪게 될 고통은 가늠하기조차 어렵다.

그날 저녁 바로 연수를 만났다. 지사장 박수길의 죽음 얘기는 빼고, 안기부 지시사항을 얘기했다.

"우리 내일이라도 바로 프랑크푸르트로 떠나자!"

둘은 그날! 그 데이트 이후로 '좋은 친구'로만 지내기로 약속하고, 친구가 되는 징표의 일환으로 서로 '반말'하는 것부터 시작하였다. 그러고 나니 어색함이 점차 사라지고, 남녀 간의 애틋한 감정이 조금은 수면 아래로 가라앉는 것 같았다. 어쩌면 남녀 간의 본능을 거부하는 위험한 도박일지도 모른다.

다음 날, 둘은 프랑크푸르트로 가는 열차를 탔다. 3월이 시작되었지만, 아직도 열차 밖 펼쳐지는 풍경은 겨울이 한창이다. 연수는 상수의 어깨에 기대고, 곤히 잠들어 있었다. 물끄러미 연수 얼굴을 쳐다보고 있으니, 송태호 팀장의 편지가 생각난다.

'나만 믿고 따라오는 이 불쌍한 여자를 버리라고?!
내가 죽으면 죽었지, 버릴 수 없어!
송 팀장님! 미안합니다!'

열차가 덜컹거리자 연수가 눈을 뜬다. 상수 어깨에 기대고 있는 자신을 보았다.
눈을 들어 살짝 상수를 보았다. 바로 눈이 마주쳤다. 연수는 미소

를 지으며,

"너무 편안해! '잠이 맛있다.' 하는 사람 보면 어떻게 잠이 맛있을 수가 있지? 생각했는데, 지금 내가 그 느낌을 받았어!"

"더 자! 앞으로 1시간은 더 가야 해!"

연수는 가방을 뒤적이더니, 보온병에 담아 온 커피를 컵에 따르고는 상수에게 준다.

"마셔! 내가 상수 씨 좋아하는 커피 타 왔어!"

커피잔을 손에 쥔 상수는 이상야릇한 분위기에 빠졌다. 평범한 연인들이 가지는 작은 행복이 이런 것인가?

"거기 연수가 살던 다가구 주택에 가면 여권 찾을 수 있을까?"

상수는 가능하면 독일이 아닌, 다른 나라로 연수를 피신시키고 싶었다. 남, 북 모두 연수를 죽이지 못해 안달이 나 있는 지금! 하루라도 빨리 이 독일을 떠나야 한다고 생각했다.

"여권은 비밀스러운 장소에 숨겨두었는데, 김상철이 왔다 해도 찾기 어려워! 그 집, 다음 달이면 렌트 만기야! 어차피 이번 달 안에는 무조건 가봐야 하거든!"

"연수야! 그 김상철은 죽은 놈이야! 이제 머릿속에서 지워!"

"아! 맞다! 깜빡했어! 미안!"

"그러면 우리 이렇게 하자! 대한상공회의소 경호 끝나고 나면, 바로 그 집 찾아가 여권을 찾자! 3월 말 정도 되겠네! 내가 생각해 놓은 나라가 있어! 그 나라 가면, 몇 년간은 안심하고 살 수 있을 거야!"

"응? 어느 나라?"

"이탈리아 시칠리아!"

"그럼 우리 같이 가 있는 거야?!"

"아니, 나는 독일에 계속 있어야 할걸! 시칠리아 가면 연수 잘 보살펴 줄 사람 있어! 당분간 그곳에서 참고 있어봐!"

프랑크푸르트 도착과 동시에 행사를 개최하는 최고급 호텔인 '슈타이겐베르거'와 조금 떨어진 곳에 원룸 2개를 빌려 짐을 풀었다.

언제 안기부 요원이 방문할지 모르기 때문에 연수는 다른 층에 얻었다. 차도 1대 렌트하고, 런던 지부에서 알려준 기차 역사 내 사물보관함에 있는 총기류가 들어 있는 가방을 찾아 룸으로 돌아왔다.

다음 날, 현지 정보원으로부터 행사가 열릴 호텔의 건축구조 설계도면을 입수하고 각 층 복도와 연결된 비상구 위치 확인, 그리고 CCTV 관리인, 룸서비스 하는 직원들 및 셰프들의 과거 경력 사항을 체크하였다. 혹시 모를 폭발물 설치 가능 장소, 위치 등을 둘러보았다.

이제 내일이면 행사가 개최된다.
상수는 이번 대한상공회의소 기업인들 경호는 테러 위험이 거의 없을 것이라는 확신이 들었다. 이념이나 체제 경쟁도 아니고, 단순 경제 협력 차원에 하는 형식적인 행사고, 참석자 중에 특별히 북에서 주목할 만한 인물이 없다는 것이 가장 큰 이유이기도 하다. 하지만, 그동안 북의 행태로 볼 때 상상도 못 하는 비상식적인 테러를 저지르기 때문에 안기부에서도 걱정 아닌 걱정을 하고 있는 것이었다.

행사 당일, 상수는 동성일보 기자 신분으로 행사장 안으로 들어가고, 연수는 행사장 밖 호텔 로비에 머물러 있기로 하였다. 금발로 염색한 머리, 화려한 꽃무늬 원피스, 옅은 파란빛을 띠는 선글

라스, 누가 보아도 현지 독일 여성이다. 호텔 로비 커피숍에 앉아, 호텔을 출입하는 동양인들만 유심히 지켜보고 있다.

이즈음, 보위부 소속 정보 담당자는 이탈리아 로마 주재 대한민국 대사관에 위장 취업하여 간첩 활동을 하고 있는 '특수 공작원 김시철'로부터 이상수의 베를린 거주지를 확보하였다.

2개월 전 서울의 남파 공작원은 평양 35호실의 지령을 받고 지사장 박수길을 납치하여 고문하고 도연수와 이상수가 늘 함께 다닌다는 자백을 받고는 더 이상 캐물을 게 없다고 판단되자 살해를 하고 시체를 야산에 버린 것이다.
이상수를 잡으면 자연스럽게 도연수의 행적을 알 수 있다! 이러한 결론에 다다랐다.

암살 전문 공작원 4명은 디데이를 정하고, 상수 숙소를 덮쳤지만, 이미 상수는 프랑크푸르트로 떠난 뒤였다. 허탕을 쳤다.
다시 보위부 소속 정보원은 급히 이탈리아 로마 주재 특수 공작원인 김시철에게 상수의 다음 행적을 알려달라 했다.

유럽 내 안기부 블랙요원의 인적사항과 행방은 1급 기밀로 분류되어 있다. 그 기밀정보에 접근이 허용된 사람은 극히 제한적이다. 왜냐하면 블랙요원의 인적사항이 북 공작원들에게 알려지게 되면,

10여 년 동안 어렵게 만들어 놓은 인적 자산들이 모두 탈탈 털리는 데 아마 몇 개월도 걸리지 않을 것이다.

그 정보에 접근이 허용된, 몇 안 되는 사람 중에 이탈리아에 파견 나온 안기부 핵심 간부 '안기호' 국장도 포함되어 있다.
그는 안기부 설립 초기 블랙요원 양성을 적극 주장하였고, 그 조직의 설계도를 직접 그린 사람이다. 10여 년이라는 시간이 지나면서 자만이 축적되고 있을 즈음, 북측 여자 공작원의 미인계에 걸려, 약점이 크게 잡혀 있는 상태였다.

그는 북한 공작원 김시철을 이탈리아 로마 대사관에 임시직으로 취업까지 시켜줄 정도로, 약점이 잡혀 있었다. 그 김시철이 요구하면 1급 기밀이라도 정보를 전달해 주곤 했다. 그러니 상수의 모든 행방을 거울 보듯이 알고 있는 것이다.

보위부 소속 정보원은 이상수가 대한상공회의소 행사를 위해 프랑크푸르트로 이동 중이라는 연락을 받았다. 숙소 주소는 아직 입수를 못 했다는 마지막 연락을 받자마자, 6명은 급히 프랑크푸르트로 출발하였다.

한창 행사가 진행 중인 그 시간에 공작원들은 호텔에 도착, 호텔 주변 출입구에 흩어져 상수의 행방을 찾아 나섰다. 그중 한 명은 로비를 거쳐 행사장 안으로 들어가려 했지만 경비원들에게 제지를 당하자 로비 커피숍에 앉아 행사 끝나기를 기다리고 있는 듯했다. 신문을 보고 있던 연수의 눈에 그 공작원이 들어왔다. 연수는 너무 놀라 '어!' 하고 고함을 지를뻔했다.

8군단에서 특수훈련을 함께 받은 동기 '박태성'이었던 것이다.

'아니! 저 친구가 왜 여기까지 왔지?'

연수는 재빨리 커피숍을 빠져나와, 행사장 경비를 맡고 있는 경비원에게, 지금 동성일보 기자인 조창석(상수)을 만나러 들어가야 한다, 조창석 부친이 매우 위독하다는 연락이 왔다면서, 동성일보 독일 현지 리포터 명함을 보여주었고, 경비원은 그녀를 행사장 안으로 들어갈 수 있도록 허가해 주었다. 한 100여 명이 테이블에 앉아 저명한 독일 경제학자의 연설을 듣고 있었다. 연수는 상수 옆에 앉았다.

"큰일 났어! 로비에서 공작원을 봤어! 이 행사장을 테러하러 온 것은 아닌 것 같아! 헐레벌떡 호텔로 들어오는 것 보니까! 이 행사 개최 사실을 모르고 온 것 같았어."

연수의 얘기를 듣고 상수는 올 게 왔구나 하는 감을 잡았다.

"나하고 연수 잡으러 온 거지! 안기부 내에 간첩이 있는 게 확실해! 도대체 누구지! 내가 여기 있는 걸 누가 알려주었지?"

"응? 우리 잡으러 왔다고?"

"나중에 얘기해 줄게! 일단 행사 끝나는 것 보고, 걔들 모르게 여기를 빠져나가자!"

각 분야 전문가들의 연설이 끝나고, 행사의 마지막 단계인 축하 파티가 시작되었다. 상수는 호텔 설계도 및 구조도를 보고 머릿속에 기억해 두었다. 주방 안은 100여 명의 식사를 준비하느라 북새통을 이루고 있다. 상수는 연수 손을 끌고 호텔 주방 쪽으로 들어갔다.

"헤이! 미스터! 여기 들어오시면 안 됩니다!"

"미안합니다. 미안!"

주방장이 제지할 틈도 없이 급히 주방을 가로질러, 뒷문으로 나왔다. 그 복도 끝에 철문이 보인다. 철문을 열고 나오자 호텔 밖 뒷골목에 음식물 쓰레기통들이 줄지어 서 있다.
상수는 뒷골목을 뛰다시피 걸었다. 호텔과 상당히 떨어진 정반대편 도로로 나와 택시를 타고, 새로 얻어둔 아파트 원룸으로 향했다.

"상수 씨! 어떻게 된 일이야! 궁금해 죽겠어!"

"응, 일단 저놈들 우리 아파트에 들이닥치기 전에 짐 챙기고 빠져나가자!"

둘은 도착과 동시에, 꼭 챙겨야 할 개인 사물들은 1개의 가방에 넣고, 총기류 및 통신장비들은 별도의 캐리어에 분리해서 넣었다. 렌트한 차를 반납하고, 그 옆에 위치한 중고차 거래처에서 현금을 주고 승용차 1대를 구입하였다. 새로 산 차, 트렁크에 모든 짐들을 옮겼다. 이제 둘은 승용차가 숙소가 되었다.

상수는 프랑크푸르트 시내를 벗어난 한적한 공원에 주차를 했다.

그는 안기부 쪽에 노출되었던 자신의 행적들이 어느 정도 지워졌다고 생각이 들자, 지금 급박하게 돌아가는 상황을 연수에게 설명해 주는 게 좋겠다고 판단되었다.

"연수야, 잘 들어! 놀라지 말고! 지사장 박수길이 며칠 전에 자기 집 인근 산에서 변사체로 발견되었대!"

순간, 연수의 눈이 확대되면서 눈동자가 떨리고 있었다.

"안기부 분석에 따르면 내 정보를 캐기 위해 남파 공작원이 저지른 짓이라고 확정 짓고 있더라고! 지금 분명한 것은 안기부 내에 간첩이 있다는 거야! 내가 여기 와 있는 것을 아는 부서는 런던 지부밖에 없거든! 지금은 아무도 믿을 수 없는 상황이 되어버렸어! 그리고, 안기부 내에서는 그 박수길 죽음에 연수가 연결되어 있다고 생각하는가 봐! 심문 과정에서 도연수 이름이 많이 언급되었다고 그러더라고!"

조금 말에 뜸을 들이고,

"유럽에서 활동 중인 블랙요원들에게 도연수란 북 공작원을 조심하라고 이미 회람을 돌렸다고 연락받았어!"

점차 연수의 얼굴 표정이 단단하게 굳어지고 있었다.

"쉽게 얘기하면, 상수 씨는 북 공작원들의 타깃이 되었고, 나는 안기부 그리고 북 35호실 공작원들의 타깃도 된 셈이네!"

"그래, 맞아!"

연수는 큰 눈을 껌벅이며 창밖을 보고 한동안 말이 없다. 마음속에서는 온갖 생각들이 교차하고 있었다.

평양의 늙은 부모! 5살 먹은 어린 아들! 정치범 수용소의 남편! 거기에다 죄 없이 죽은 지사장 박수길, 이제는 자기로 인해 상수까지 위험에 빠져 있다.

죄책감에 휩싸이자 갑자기 몸에 경련이 온다.

"상수 씨! 죽어야 할 사람이 살아 있으니, 주변 모든 사람들이 불행해지는 것 같아!"

떨리는 목소리와 함께 두 손으로 얼굴을 감싼다.

"그런 쓸데없는 생각 하지 말고! 어디 그게 연수 때문이야? 따지고 보면 이 시대가 낳은 이념전쟁의 결과물이지! 우리 모두, 사는 것 자체가 고통의 연속인데! 다만 그 고통의 크기가 서로 다를 뿐이야! 나도 여기 독일 처음 오고, 연수 만나기 전까지 항상 비관에 빠져 살았어!"

그러고는 연수 눈을 보고, 설교하듯이 말을 한다.

"살아야 할 이유가 없어! 아무리 찾아보아도 살아야 할 이유가 단 한 가지도 없는 거야! 내 한 몸 이 세상에서 없어진다 해도 누구 하나 나를 기억해 줄 사람도 없고, 슬퍼할 사람도 없어. 그렇다고 내일에 대한 희망과 목표가 있는 것도 아니고, 살아야 할 이유가 없다는 생각이 항상 들었어! 그렇다면, 죽어야 하는데, 죽어야 할 이유도 또 없는 거야! 내가 죽음으로써 누군가가 살아날 수 있다면, 죽어야 할 이유를 억지로라도 만들 수 있겠지만, 현재로서는 죽어야 할 이유도 딱히 없는 것 같아! 그래서 그냥 영혼 없는 동물처럼, 때로는 벌레처럼, 사는 데까지 살다가 '그만 살아!' 하면 그때 이 세상 떠나는 거지 뭐!"

연수는 상수의 허무주의에 빠진 삶의 가치관을 듣고, 자책감에 빠져 방황하고 있는 자신이 제자리로 돌아오고 있는 것을 느꼈다.

상수는 대한상공회의소의 행사를 무사히 마치고, 런던 지부에 전화로 결과 보고를 하였다. 일전에 렌트했던 원룸이 너무 좁아서 새로운 곳으로 옮겼다며, 프랑크푸르트 신규 주소라면서 가짜 주소를 불러주었다. 상수는 가짜 주소를 알려주고 덫을 놓은 것이다.

북 공작원들이 상수 신규 아파트로 들이닥치면, 그때 연수 집으로 가서 여권을 찾아 나오기로, 성동격서 병법을 적용하기로 했다.

한편 북 공작원들은 행사가 개최 중인 호텔 출입구 주변에서 하루 종일 상수가 나타나기만을 기다렸지만 결국 허탕을 쳤다. 다음 날 로마에 있는 김시철로부터 상수가 얻어놓은 프랑크푸르트 시내 원룸 주소를 알게 되었다. 철저한 계획을 세우고 그 원룸을 덮쳤지만 빈 침실만 덩그러니 보일 뿐이었다. 이미 상수가 떠난 뒤였다.

이제 암살 공작원 모두 지칠 대로 지쳤다. 항상 모든 정보들이 간발의 차이로 어긋났다.

그 공작원 중 한 명, 연수의 8군단 특수부대 훈련 동기 박태성이 제안을 한다.

"여기 프랑크푸르트에 도연수 동무 숙소가 있었다고 들었습니다. 오늘이라도 제가 그 숙소에 한번 가보았으면 합니다! 지금 이상수란 놈이 여기 프랑크푸르트에 있는 것은 확실하다 말입니다! 그러면 도연수도 같이 있지 않겠습니까?"

그 공작원은 결심을 굳힌 듯 요구를 한다.

"독일어 할 줄 아는 현지 공작원 한 명만 붙여주십시오!"

보위부 측 정보 담당자는 그 말에 일리가 있다 보고, 차주영에게 바로 전화를 하였다. 조금 지나자 현지 공작원 2명이 나타났다. 죽은 김상철의 명령으로 지금까지 도연수 집을 감시하고 있었던 그 공작원들이었다.

"동무들 안녕하시오? 김상철 총책 동무의 안타까운 소식은 들었습네다! 그동안 도연수 에미나이는 아직 한 번도 자기 집에 안 들렀어요! 그 집 현관에 제가 아무도 모르게 표시해 둔 게 있는데, 그게 그대로 있어요!"

셋은 간단한 무기 즉, 소음 총과 탄창을 챙기고 바로 출발하였다.

중산층이 몰려 사는 보른하임 주택가로 들어서자, 그로서리 가게, 태권도 도장, 꽃 가게, 드럭 스토어, 상가 밀집 구역으로 들어왔다.
차를 주차하고, 도연수가 운영했던 그 꽃 가게를 보았다. 문 앞에 노란 딱지들이 덕지덕지 붙어 있었고, 안에 꽃들은 다 시들어 그냥 지저분한 창고로밖에 보이지 않는다. 4층으로 된 다가구 주택 건물 입구에 섰다. 서민들이 사는 주택이라 주변에 지나다니는 사람들은 대부분 노인들이다. 관리실 문을 노크하자 자기 한 몸도 가누기 힘든 뚱뚱한 중년 여자가 겨우 일어나 문을 열어준다.

"여기 2층 3호에 사는 동양인 여자 만나러 왔어요!"

2층 3호 얘기가 나오자, 눈을 동그랗게 뜨고,

"당신들 누구요, 그 여자하고 어떤 관계요? 몇 달째 전기요금, 안 내서 다 끊어져 있어! 그리고 다음 달이 렌트 마지막 달이야! 빨리 그 여자한테 연락해 줘!"

"아! 그러세요? 제가 그 여자 오빠입니다. 저희도 몇 달째 연락이 없어서 찾아왔어요! 그 방 한번 볼 수 있나요? 제가 밀린 관리비는 주고 갈게요!"

관리인은 밀린 관리비 준다는 말에 어기적거리며 같이 2층에 올라갔다.

좁은 룸에 침대 하나, 화장실, 작은 주방 너무나 간단했다. 세간살이 집기들은 눈 씻고 찾아보아도 없고 옷장에 간단한 외출복 몇 개만 걸려 있다. 침대 구석에 큰 캐리어 가방 하나 달랑 있다. 초라하기 그지없었다. 여기에 사람이 살았나? 할 정도로 모든 게 깔끔하게 정돈되어 있었다.

북 공작원들은 관리실 여자 모르게 지나가면서 서랍들을 슬쩍슬쩍 열어보았다. 보이는 것은 머리핀과 브로치 몇 개가 비닐 파우치 안에 있는 것 외에는 아무것도 보이지 않았다.

밀린 관리비를 계산해 주고는 그 관리인에게 솔깃한 제안을 하였다.

"여기 내 동생이 오면 '오빠가 여기 왔다 갔다!'는 말은 하지 말고, 바로 나에게 전화해 줄 수 있는가? 꼭 내 동생을 집으로 데려가야 한다!"

"그렇게 해주면 1,000마르크 주겠다!"

1,000마르크란 말에 흔쾌히 고개를 끄덕이자, 공작원은 전화번호를 메모해서 책상 앞에 붙여놓았다. 나오면서 100마르크를 손에 쥐어주었다.

　　상수는 상수대로 가짜 주소로 공작원들이 나타나기를 기다리고 있었다. 2일째 되는 날, 그 주소로 9인승 밴이 나타났다. 조금 떨어진 도로 주차장에 주차를 하고, 4명이 내린다. 빠른 걸음으로 원룸 아파트를 향한다.
　　상수는 맞은편 건물 옥상에서 이 광경을 망원경으로 지켜보고 있었다. 급히 내려와 차를 몰고 연수가 머물고 있는 작은 호텔로 갔다.

　　"왔어! 4명이야! 우리도 빨리 움직이자!"

　　연수가 살던 다가구 주택에 도착했다. 둘은 관리실에 들렀다.
　　뚱뚱한 여자 관리인은 순간 '흠칫' 놀라는 표정을 지으며 연수를 보고 억지웃음을 짓는다.

　　"안녕하세요! 미안합니다! 오랫동안 자리를 비워서… 관리비 밀린 것, 정산해 놓으면 바로 계산해 줄게요! 어차피 다음 달이면 렌트 만기라, 오늘 집을 비워드리겠습니다!"

　　"아유! 얼마 만이야? 무슨 일 있었어? 관리비 정산은 집 나갈 때

그때 하면 되고, 참, 짐 정리하는 데 좀 도와줄까? 다음 달이니 시간은 충분한데… 천천히 하세요!"

이 여자 관리인은 그 1,000마르크 준다는 북한 공작원을 머리에 떠올리고 어떻게든 시간을 끌어야겠다고 생각했다.

연수는 서둘러 룸으로 올라갔다.
룸에 들어오자마자, 주방 안 서랍장을 열고 거기에 있는 머리핀, 브로치가 들어 있는 비닐 파우치를 우선 챙기고 나서, 그 서랍장을 꺼내고 뒤집으니 2개의 여권이 접착테이프로 나란히 붙어 있었다. 침실 옆 캐리어에 옷가지 몇 개, 더 챙겨 넣고 나니 정말 더 이상 챙겨 넣을 짐이 보이지 않는다.

"상수 씨, 보니 어때? 나 이렇게 살았어! 아무것도 없이!"

"나도 그래! 우리 생활이 그렇지 뭐! 잠깐 한숨 돌리고 나가자고! 오래 비워두었는데도 슬쩍슬쩍 연수 냄새가 나!"

둘은 식탁에 마주 보고 앉았다. 연수가 고개를 갸웃하더니

"지금 생각해 보니 그 관리인 여자 행동이 조금 이상해! 관리비 하루만 늦어도 독촉하는 게 장난이 아니었거든! 뭔가 이상해."

관리실 여자는 연수가 룸으로 올라가는 걸 확인하고 곧바로 그 북한 공작원이 알려준 번호로 전화를 하였다. 그 번호는 차주영 직통 전화였다. 차주영은 가장 가까이에 있는 공작원들에게 지시하였다.

"장소를 가리지 말고 보이는 즉시 무조건 사살하라! 뒤처리는 내가 책임진다!"

차로 5분 거리에, 도연수 집을 감시 중이었던 그 공작원과 연수 8군단 훈련 동기 그리고 통역 공작원 총 3명이 식사를 하고 있었다. 그들은 곧바로 연수 집으로 출발하였다.

연수와 상수는 캐리어를 끌고 1층 관리실에 내려왔다.

"마담, 룸을 깨끗이 비워두었어요! 한번 확인해 보시고, 서류 주세요. 사인해 드릴게요!"

관리인은 무조건 시간을 끌어야 했다. 그 오빠라는 사람에게 연수를 인계해 주어야 1,000마르크가 생긴다.

"아니, 천천히 해도 된다니까! 그러네! 아직 정산서 만들지도 못했어! 정산서 만들고, 룸 확인하고 시간 좀 걸리겠는데…."

연수는 느낌이 왔다. 이 여자 틀림없이 북 공작원에게 포섭되어 있다. 상수에게 귓속말로,

"상수 씨! 여기 빨리 떠나! 이 여자! 이상해!"

그러고 관리인 여자를 향해,

"미안합니다! 여기 제가 밀린 관리비 대충 알고 있으니까!"

그러고는 책상 위에 돈을 던져두고, 서둘러 빠져나왔다.

둘이 도로 옆에 주차해 둔 차에 연수 캐리어를 싣고, 출발하려는데, 저 앞쪽에서 전속력으로 달려오는 밴을 발견했다. 그리고 다가구 주택 앞에 급정거를 하고 운전자가 내리는데, 이를 본 관리실 여자가 뛰어나오며 상수 차를 손으로 가리킨다.
이 상황을 예의 주시하며 보고 있던 연수는

"상수 씨! 빨리 출발해! 빨리! 저 앞에 공작원들이 와 있어! 내 예감이 맞았어! 그 관리실 여자가 이상하더라고!"

상수는 급히 유턴을 하고 큰 도로를 향해 액셀러레이터를 힘껏 밟았다. 동시에 공작원들이 탄 차도 굉음을 울리며 상수 차를 뒤쫓

는다. 쫓고 쫓기는 추격전은 프랑크푸르트 시내를 헤집고 다니며 계속되었다.

"연수야 몇 명 타고 있는지 알 수 있겠어?"

뒷좌석으로 옮긴 연수는 뒤따라오는 밴을 살펴보고는,

"2명은 확실히 보이는데, 뒤에 몇 명이 더 있는지 잘 모르겠어!"

"알았어! 고속도로 올려서, 도시 외곽으로 빠지자. 거기서 저놈들이 죽든 우리가 죽든 결판을 내자!"

속도 제한이 없는 고속도로에 차를 올리고 6개월 전, 도연수와 지사장 박수길을 죽음에서 구했던 그 시골 폐농가 창고를 향해 달렸다. 그때는 무기라곤 딱 권총 하나였다. 하지만 지금은 차 트렁크에 다양한 무기가 실려 있다. 실탄도 충분하고!
상수는 전속력으로 고속도로를 달려, 시골 마을로 진입하는 램프에서 뒤쫓아 오는 밴이 알 수 있도록 속도를 조금 늦추었다.

그때의 폐농가 창고는 그대로 있었다. 이곳에는 엄폐물로 활용할 수 있는 기물들이 여기저기 있다. 폐기된 대형 트랙터가 보였다. 노을이 점차 깊어지고 있었다.

차를 창고 앞에 주차하고, 트렁크에서 저격용 소총을 꺼내, 숙달된 손놀림으로 조립을 끝냈다. 연수에게는 권총과 실탄, 방탄복을 착용시켰다.
늘 그렇듯이, 전투 시작 전, 연수는 완전히 다른 사람으로 변한다.

"상수 씨! 알지? 망설이면 우리가 먼저 죽는다!"

상수에게 들으라고 중얼거리고 있지만, 연수의 몸은 극도의 긴장 상태로 바뀌면서 자신에게 최면을 걸고 있었다.
페트랙터 뒤에 몸을 숨기고 저격소총을 좋은 위치에 두었다. 그 곁에 연수가 서 있다.

공작원들은 농가 창고 앞에 차를 주차하는 것을 보고, 권총 사정거리를 벗어난 곳에 차를 세웠다. 그들 모두 가지고 있는 무기라곤 권총이 다이다. 고양이처럼 허리를 바짝 숙이고 흩어져서 창고 쪽으로 접근하고 있다.

어느 정도 창고 가까이 오자, 공작원들 모두 접근을 멈추었다. 조금 더 가면 권총 사거리에 들어간다. 그들은 상수가 사정거리가 500미터나 되는 저격용 소총을 가지고 있다고는 생각조차 하지 않고 있었다. 한 명이 먼저 창고 쪽으로 접근하고 뒤에서 둘은 엄호를 할 계획이다. 한 명이 한 걸음 한 걸음 전진하자 권총 사거리에 들어왔다.

"연수야! 나는 제일 뒤쪽에 남아 있는 2명을 저격할게! 너는 앞에 오는 한 명만 잡아! 우리 동시에 쏴야 한다!"

연수가 말을 한다.

"사거리에 들어왔어!"

연수의 권총이 불을 뿜었다. 동시에 상수의 저격용 소총도 불을 뿜었다.
선두로 나오던 공작원은 연수 총에 오른편 어깨를 맞았다. 상수의 저격총은 정확하게 뒤쪽 멀리 떨어져 있던 공작원의 머리를 관통시켰다. 순식간에 상황은 정리되었다.
살아남은 한 명은 겁에 질려, 차로 도망가는 것이 보였다. 상수는 연발로 발사했다. 차 앞에서 고꾸라지는 게 보인다.

상수는 어깨에 총을 맞고 쓰러진 공작원에게 다가갔다. 어깨를 움켜쥐고 숨을 헐떡이고 있었다. 상수는 그 옆에 떨어져 있는 총을 줍고, 다른 무기가 더 있는지 몸을 수색했다. 뒤따라오던 연수는 그 공작원을 뚫어져라 쳐다보고 있다. 그 공작원이 먼저 연수에게 말을 한다.

"화련이! 오랜만이야!" 힘겹게 말을 이어간다.

"너! 그 박태성 맞지? 평양에 있는 줄 알았는데 여기는 왜 왔어?!"

"화련이, 너 죽이려고! 지도자 동지 명령이야! 8군단 출신 4명이나 여기 와 있어!"

점점 피가 바닥을 흥건히 적신다. 고통이 몰려오는지 신음소리와 숨소리가 겹쳐서 목에서 가래 끓는 거친 소리가 난다.

"우리 부모님 소식 알아?" 연수는 제일 궁금했다.

"네가 한 반역 행위! 보위부하고 35호실에서 다 알았어! 부모님은 공개 총살 당했어! 네 아들은 애육원으로 갔다는 말 들었고!"

더 이상 말할 힘도 없는지, 고통에 찌그러진 얼굴만 보인다.

"화련아! 나! 지금 죽여줘! 부탁이야! 너무 힘들어! 제발!"

거친 숨을 몰아쉬면서 눈을 감는다.
연수는 손으로 권총을 가리고 그 8군단 동기 머리에 총을 쐈다. 총소리가 메아리 되어 벌판 멀리까지 울려 퍼진다.

상수는 멍하니 이 과정을 지켜보고 있었다.

나머지 2명의 죽음을 재차 확인하고는 넋을 잃고 서 있는 연수의 손을 끌고 차에 태웠다.

다시 프랑크푸르트 시내로 돌아왔다.

어둠이 짙어지기 시작하자 상수는 호텔을 찾았다. 짐을 풀고, 정신이 반쯤 나간 연수를 보고,

"무슨 위로의 말을 해야 될지 모르겠네! 오늘 하루 종일 굶었잖아! 뭐 좀 먹어야지!"

정신이 드는지 연수는

"응? 상수 씨 배고프겠다. 나 그냥 혼자 좀 있고 싶어!"

상수는 연수의 손을 잡고, 자기 쪽으로 당겼다. 자연스럽게 상수의 얼굴과 가까이 마주 보며 눈을 맞추었다. 상수가 힘 있게 껴안았다.

"실컷 울어! 참지 말고!"

연수는 상수의 어깨에 얼굴을 기대고, 참고 참았던 울음을 터트렸다. 한번 터진 울음은 그칠 줄을 모른다. 꺼이꺼이 소리 내어 울

기도 했다.

그렇게 마음속에 쌓아놓았던 슬픔을 밖으로 내뱉고 나니, 한결 마음이 편안해진다. 둘은 호텔 레스토랑에 들러 식사를 하고, 레스토랑과 연결된 바로 장소를 옮겼다.

위스키 한 잔 두 잔 마시다 보니, 긴장되었던 몸과 마음이 풀리면서 그렇게 서로 약속했던 '좋은 친구'라는 개념이 조금씩 허물어지는 걸 느낀다.

한편, 차주영은 이탈리아 로마 한국 대사관에 있는 김시철로부터 상수의 새로운 주소를 받고 그곳을 덮쳤지만, 빈집이었다. 동시에 도연수가 집으로 돌아왔다는 여자 관리인 전화를 받고, 급히 3명을 출동시켰는데, 밤이 늦도록 소식이 없다. 마음이 초조하고, 불안하다. 이번처럼 이렇게 공작업무가 꼬이는 경우는 처음이다.

다음 날, 오후 늦게 베를린 마약 유통조직 보스 펠릭스로부터 전화가 왔다. 프랑크푸르트 외곽 농가 창고에서 동양인 3명이 시체로 발견되었다고 프랑크푸르트 경찰에서 연락이 왔단다. 그 9인승 밴은 자기 직원 이름으로 렌트한 차라서, 경찰이 찾아와서 조사를 하고 갔으며, 도난 차량이라고 일단 신고하고 마무리를 했다고 한다.

차주영은 더 이상 할 말을 잃었다. '아니! 왜 거기까지 가서 죽었단 말인가?'

차주영과 보위부에서 파견된 '정보 담당자'는 그 이탈리아 로마 '특수 공작원 김시철'을 의심하기 시작했다. 그곳에서 준 모든 정보는 항상 한발 늦었고, 또 핵심 공작원 3명까지 죽었다. 이제는 콩으로 메주를 쑨다 해도 믿지 못하게 되었다.
　어느새 한 달이란 시한도 얼마 남지 않았다. 도연수의 행방은 더 깊은 수렁으로 빠지는 걸 느꼈다. 더 이상 무얼 해보려 해도, 행동할 수 있는 정보가 없다.

제11장

지중해의 마법

상수와 연수는 이탈리아 로마를 거쳐 시칠리아섬 팔레르모시에 도착했다. 연수는 독일 위조 여권을 사용하여 무사히 이탈리아 이민국을 통과하였다. 상수 또한 한국 동성일보 기자 신분증으로 비자 받는 데 큰 문제가 없었다.

4월이 시작되는 시칠리아는 한창 봄을 향해 달려가고 있었다. 지중해의 진한 바다 향기가 마음을 들뜨게 한다.

"상수 씨, 여기 오기로 한 사람, 도대체 누구야?"

바다가 보이는 호텔 커피숍에서 연수는 여기서 만나기로 한 사람이 누군지 궁금해서 답답해 죽을 지경이다. 프랑크푸르트에서 여기 시칠리아 팔레르모시까지 오는 동안 누구를 만나러 가냐고 물으면,

설명하기가 복잡하다면서 만나고 나서 차차 설명해 주겠다 한다.

약속시간이 되고, 호텔 문을 열고 조금은 뚱뚱한 30대쯤 보이는 여자와 남자가 들어온다. 상수는 벌떡 일어나 영어로

"마리아! 여기야!"

마리아라 불리는 여자는 빠른 걸음으로 달려와 상수를 껴안는다.

"미스터 킴, 살아 있었구나! 몇 년 만이야! 한 5년 되었나? 참, 내 남편 '마르코'야! 인사해!"

그야말로 인자한 얼굴에 '성실'이라는 글자가 얼굴에 쓰여 있는 것 같다.
상수는 마리아 남편과 악수를 하고, 자리에 앉았다.

"오! 결혼했구나! 축하해! 마리아! 여기 미쓰 도는 내 약혼자야!"

그러면서 연수를 인사시켰다.
아직 결혼은 안 했지만, 곧 결혼할 사이라고 소개를 했다.
서로 간단히 인사를 마치고, 마리아는 자기가 운영하고 있는 레스토랑으로 장소를 옮기자고 제안하였다.

5년 전 상수가 영국 상선 '햄록' 배 1등 항해사로 승선 중일 때, 마리아는 주방장이었다. 한번은 마리아가 이탈리아 2등 항해사에게 큰 봉변을 당하고 있을 때, 상수가 위기에서 구해준 인연이 있다. 마리아는 하선할 때, 상수보고 이탈리아 오면 꼭 자기 집을 방문해 달라고 주소를 적어주었는데, 다행히 지금까지 그 주소에서 레스토랑을 운영하고 있었던 것이었다.

연수는 얼떨결에 마리아와 인사도 했지만 도무지 상수의 과거에 대해서 퍼즐이 맞춰지는 게 없다.

상수는 마리아에게 연수를 부탁하였다. 여기 이곳에서 한 1년만 지낼 수 있도록 도와주면 좋겠다고! 자세한 이유는 묻지 말아 달라하고, 단순한 건강 문제라고만 핑계를 대었다. 그러자 마리아는 흔쾌히 좋다고 하면서 그렇지 않아도 홀에서 서빙하는 직원을 뽑으려고 했는데, 여기서 일도 같이 하면서 지내는 게 어떠냐고 제안을 하였다.

"그것 괜찮은 것 같은데, 연수 생각은 어때?"

갑작스러운 서빙 직원 제안에 연수는 잠시 생각할 시간을 달라 했다.
상수, 연수 둘만의 시간이 되었다. 연수가 묻는다.

"상수 씨 난 한 번도 식당 일 해본 적이 없어, 괜히 실수해서 그분들 레스토랑에 피해 주는 것 아니야? 그게 걱정돼!"

"걱정 마! 내가 마리아에게 미리 얘기해 놓을게!"

상수의 말을 듣고 연수는 고개를 끄덕인다.

"여기 시칠리아는 말이 이탈리아지 그냥 시골 동네야! 휴양한다 생각하고 한 1년 정도만 피신해 있다 보면 그놈들도 포기하지 않겠어? 그리고 지금 하루가 다르게 국제정세가 바뀌고 있는 중이고! 그 마리아란 여자 착해! 정도 많고! 둘이 금방 친해질걸? 가만, 나이가 우리보다 1살인가 많을 거야!"

"그래! 나도 여기가 마음에 들어! 상수 씨는 어디로 가?"

"며칠 있다가 런던에 전화 한번 해보고! 이제 마음이 좀 편해진 거야? 아들 생각해서라도 사는 데까지 살아야지, 안 그래? 그래도 연수는 나보다 나아! 나는 보고 싶은 사람이 없어! 잊어야 될 사람만 있지!"

다음 날 둘은 마리아를 만나, 당분간 여기서 살 집을 소개시켜 달라 했다.

팔레르모항이 한눈에 보이는, 언덕 위에 1층짜리 주택이 렌트로 나와 있어, 그날로 계약하였다. 상수는 아예 1년 치를 선불로 주었다.

그날 바로 시내로 나가서 침대, 주방 집기 등 살림살이에 필요한 물건들을 눈에 띄는 대로 사들였다. 여기저기 집기들을 배치하고 나니, 사람 사는 집처럼 보였다.

마리아는 상수를 자기 집으로 초청하였다. 마리아의 집은 레스토랑과 걸어서 10분 정도 거리에 떨어져 있다. 집에 들어서니 마리아 부모들까지 나와 상수를 반겼다.

집 안으로 들어가자 식탁에는 지중해 냄새가 물씬 풍기는 생선 위주의 요리가 가득했다. 마리아 아버지가 상수에게 건배를 제안하며,

"미스터 킴, 그 배에서 내 딸 구해줘서 정말 고마워! 마리아한테서 들었어!"
"미스터 킴 부부를 위하여!"

모두 상수와 연수에게 고맙다는 인사와 함께 건배를 제안했다. 식사와 함께 술이 몇 순배 돌자, 마리아가

"그 햄록 배 대서양에서 침몰했다고 뉴스에 나오는 걸 봤는데! 그리고 선원들 모두 죽었다고 몇 날 며칠 계속 뉴스에 나왔던 기억이

나요! 미스터 킴! 도대체 어떻게 된 거예요?!"

"마리아! 그 배 얘기 하려면 복잡해요! 그리고 생각하기도 싫고! 미안해요!"

상수가 심각한 얼굴로 대답하자 마리아는 급히 미안하다고 사과를 한다.
모두 술이 취했다. 4월의 시칠리아는 밤이 되면, 낮과 다르게 쌀쌀해진다.
둘은 저녁 초대 고마웠고, 앞으로 여기서 잘 지낼 수 있도록 도와달라 부탁하고 헤어져 나왔다.

택시 타고, 언덕 집으로 가는 길, 택시 운전사는 어느 나라에서 온 사람이냐 묻고, 한국 사람이라 말하자 뭐가 그렇게 기분이 좋은지 창문을 열고, 〈오 솔레미오〉라는 나폴리 민요를 흐드러지게 부르기 시작한다. 쌀쌀한 바닷바람이 옷깃을 여미게 한다.
상수는 연수의 얼굴을 보았다. 택시 운전자의 노래와 술에 취한 연수의 얼굴은 뇌쇄적인 분위기를 만들어 내고 있었다.
상수는 더 이상 참을 수가 없었다. 연수 입술에 자신의 입술을 포개었다.
택시 운전자는 〈오 솔레미오〉 노래가 절정에 이르자 더 크게 열창을 한다. 시칠리아 팔레르모 밤하늘에 수많은 별들이 빙글빙글 돌아가기 시작한다. 둘은 어느새 지중해의 마법에 걸려 시칠리아 섬의 주인공이 되어 있었다. 집에 도착하자 걷잡을 수 없는 감정에 휩싸여, '좋은 친구'가 아닌 '사랑하는 연인'으로 바뀌어 가고 있는 자신들을 발견한다.

아침이 밝았다. 거실 커튼 사이로 바다가 보인다. 상수는 품에 안겨 있는 연수를 살짝 밀어내고, 일어나려는데,

"상수 씨! 잘 잤어? 나는 또 꿀맛 같은 잠을 잤어! 상수 씨 옆에만 있으면 그냥 몸과 마음이 편안해져! 이대로 영원히 있었으면 좋겠다!"

"그래? 나도 너무 정신없이 잔 것 같아! 연수야! 저기 저 바다를 봐! 4월의 지중해! 바다색이 너무 파랗고! 눈부시지?"

베란다, 티테이블에 김이 모락모락 올라오는 커피잔을 두고 마주 앉았다.

"오늘 시내 가서 런던에 전화 한번 해보고! 참, 오디오 카세트도 하나 사자! 연수 좋아한다는 '최진희' 노래 한번 들어보게!"

상수는 시내로 나와, 공중전화로 런던 지부에 전화했다.

"지금 어디에 머물고 있느냐?"는 질문에

"알려줄 수가 없다. 하루도 못 가서 숙소 정보가 노출되니, 대신 일주일에 한 번씩 전화를 하겠다!"라고 답했다.

"우리도 지금 그 정보 노출 때문에 내부 감사가 진행 중이니 기다려 달라."

당분간 둘은 마리아 레스토랑에 같이 출근하기로 했다.
상수는 주방에서, 연수는 홀에서 같이 일하고, 같이 퇴근하고, 같은 침대에서 자고, 아침이면 팔레르모항 바다에서 반사되는 눈부신 햇살을 받으며 같이 커피를 마신다.
보름 정도 지나고, 마리아가 제안하였다.

"킴, 우리 부부와 함께 요트 여행 한번 가요! 팔레르모 해안가 주변 항해하면 너무 아름다워서 깜짝 놀랄걸?! 시칠리아는 4~5월이 여행하기 제일 좋은 날씨야! 낮에는 따뜻하고, 밤에는 시원하지!"

평일을 택하여 요트 여행 계획을 잡았다.
요트 빌리는 비용은 상수가 지불하겠다고 했다.
연수는 정말 영화에서나 보았지 자신이 직접 그 요트를 타본다는 것에 마음이 들떠서,

"상수 씨, 요트 운전 할 줄 알아?"

"물론 할 줄 알지! 이번 요트는 그냥 돛을 이용해서 바람으로만 항해하는 요트야! 엔진이 없어! 나도 한때 대형 상선 1등 항해사 출신이야! 왜 그래!"

그러면서 팔짱을 끼고, 허세를 부려본다. 이 귀여운 모습을 보고, 연수는 바로 상수 품으로 뛰어들었다.

"난 수영도 못 해! 물에 빠지면 상수 씨가 구해줘야 해!"

"응, 알았어! 짠 바닷물 한 사발 먹고 나면 그때 내가 구해줄게!"

짓궂은 농담을 하고 깔깔거리며 필요한 물품들을 준비하였다.

상수와 마르코는 돛을 올리고, 바람 방향에 맞추어 뱃길을 잡았다. 요트는 물 미끄러지듯이 점차 속도를 내며 달려간다. 따가운 햇살이 작열하는 지중해의 낭만 속으로 요트는 빠져들어 가고 있었다.
마리아와 연수는 객실 주방에서 음료와 간식거리를 준비하고, 요트 갑판 위로 올라왔다. 사방이 확 트인 바다, 보이는 것이라곤 짙푸른 바다밖에 없다. 팔레르모항이 가물가물 보인다.

"오! 세상에 이렇게 아름다울 수가!!"

연수는 탄성을 지르며, 상수 곁으로 온다. 상수는 연수에게 돛을 내리는 방법을 가르쳐 주면서 속도를 줄였다. 접이의자를 펼치고, 둘은 하늘을 보고 누웠다.

마리아 부부는 선탠을 한다고, 서로서로 몸에 오일을 발라주고 있다.

"나는 이제 상수 씨 과거를 조금은 알았어!"

구름 한 점 없는 하늘을 보고 연수는 말한다.

"그래? 말해봐!"

상수는 몸을 돌려 연수 얼굴을 보고 있다.

"1등 항해사로 배를 탔어! 그런데 그 배가 침몰한 거야! 다행히 구사일생으로 살아남아 안기부 블랙요원으로 채용되었어!"

종알대는 말들은 귀에 들어오지 않고 연수 입술만 보인다.

"맞아! 나도 연수 이름을 이제 알았어! '화련'이라고! 그런데 성은 몰라!"

"나도 상수 씨 성은 '김'이라는 걸 아는데 이름은 몰라! 오늘 서로 정식으로 통성명해 보는 게 어때?"

"참! 웃기기도 하다! 7개월이 넘어가는데 서로 이름도 모르니 말이야!"

"자! 그럼 하나 둘 셋 하면 이름 말하기!"

하나 둘 셋 하고 7개월 만에 서로 본명을 알게 되었다.

정오를 지나자 햇살이 점점 뜨거워진다. 모두 가운을 벗고 수영복으로 갈아입었다.
연수의 수영복 각선미에 모두들 감탄을 자아낸다. 마르코는 눈치 없이

"오! 주여! 비너스가 환생했습니다!"

아직은 수영하기에 물이 차가웠지만, 바닷물에 몸을 담그고, 수영하고, 갑판에 누워 오일을 바르고, 소시지를 구워 안주 삼으며 가볍게 맥주도 마셨다.

4명은 접이식 작은 탁자를 중간에 두고 서로 마주 보고 앉았다. 상수는 마리아에게 영어로 얘기하고, 연수는 마르코에게 독일어로 얘기하고 있다. 이 코미디 같은 장면을 보고, 상수는

"마리아, 여긴 마치 국제 회의장 같아! 마르코는 독일어 언제 배웠어?"

"오스트리아 가서 성악 전공했었어! 그곳에서 독일어 배웠을 거야! 성악으로 성공 못 하고 결국 고향에 돌아와, 실업자로 있다가 나를 만나 결혼했고, 같이 레스토랑 하고 있지!"

마르코의 성악 전공 얘기를 듣고 연수를 쳐다보고

"연수야 '마르코' 성악 전공했다는데? 노래 한 곡 부탁해 봐!"

연수는 마르코에게 노래 한 곡을 부탁했고, 마르코는 마리아에게 청혼할 때 불렀던 가곡을 불러보겠다 한다. 그 곡은 공교롭게도 〈오 솔레미오〉였다.

♪ Che bella cosa 'na jurnata 'e sole, n'aria serena doppo na tempesta!

(폭풍우 지나가고 바람이 조용한 태양의 날은 정말 아름답다)

Pe' ll'aria fresca pare già na festa

(신선한 공기를 마시고, 나는 이미 축제 속에 빠져들어 가고 있다)

Che bella cosa 'na jurnata 'e sole

(정말 멋진 것은 태양의 날)

Ma n'atu sole, cchiù bello, oje ne'

(그러나 더 아름다운 다른 태양은 없다)

'O sole mio sta 'nfronte a te!

(나의 그 태양은 너의 얼굴 속에 있다)

'O sole, 'o sole mio

(그 태양, 나의 태양)

sta 'nfronte a te! sta 'nfronte a te! ♬

(너의 얼굴 속에 있다. 너의 얼굴 속에 있다)

그들 머리 위를 날아다니는 갈매기와 장난도 치면서, 바리톤 마르코의 〈오 솔레미오〉 노래는 모두를 합창으로 이끌었다.

제12장
설계자 안기호

일상으로 돌아온 상수는 런던 지부에 전화를 하였다.

송태호 팀장이 다음 주 중에 서독 본에 있는 대사관에 출장을 온다. 그때 만났으면 한다는 내용이었다. 보안상 날짜는 정확하게 알려줄 수가 없지만, 다음 주 중에 본으로 와 있으면 좋겠다는 것이다.

떠나기 전날 연수와 마주 앉았다.

"한 보름 정도 예상하는데! 나 없는 동안, 나하고 약속 하나 하자! 어떤 일이 생겨도 사람을 해치면 안 돼! 무조건 참아! 알겠지!"

"걱정하지 마! 나를 죽이지만 않으면 참고 있을게!"

"그래! 설마 여기까지 공작원들이 오겠어? 혹시 모르니까 무기는 있어?"

연수는 브로치와 머리핀이 있는 비닐 파우치를 들고 보여주며,

"이게 다야! 독침! 이것만 있어도 돼!"

다음 날 상수는 로마로 떠났다.
로마를 거쳐 본으로 가는 비행기 안에서 상수는 이런저런 생각에 잠겼다. 그 생각의 원점에는 항상 연수의 미래가 자리 잡고 있었다.

본 대한민국 대사관 앞 레스토랑에 자리를 잡고, 대사관에 전화를 하였다.
한국에서 온 송태호와 절친이라며 가명으로 신분을 밝히고 메모를 전달해 달라고, 레스토랑 주소와 전화번호를 알려주었다.

1시간 정도 지난 후 전화가 왔다. 저녁에 시내 호텔 로비에서 만나자는 내용이었다.
상수는 약속시간 1시간 전에 호텔 앞 햄버거 가게에 들어가, 호텔 주변을 세심히 관찰하고 있었다. 안기부 내 간첩이 있다면, 틀림없이 송태호의 독일 방문 일정을 알고 있을 것이다. 또 송태호가 추천하여 상수가 블랙요원으로 뽑혔다는 것을 그들은 알고 있다.

송태호! 그가 독일을 방문한다.

　송태호가 택시에 내려 호텔로 들어가는 모습이 보인다. 상수는 계속 지켜보고 있었다. 아니나 다를까 조금 있으니, 승용차에서 동양인 2명이 내리고, 한 명은 호텔로 들어가고 한 명은 호텔 입구 옆 건물 귀퉁이에 서 있다. 타고 온 승용차는 호텔 지하 주차장으로 들어간다. 외관상 보기에 북 공작원은 아닌 것처럼 보인다.

　상수는 재빨리 지하 주차장으로 들어갔다. 그 승용차를 찾아다녔다.
　지하 2층에 차를 발견하고, 때마침 운전자는 화장실을 가는지 내려서 엘리베이터를 타고 1층으로 올라가는 모습을 보았다. 상수는 급히 승용차에 다가가 만능 키를 활용해, 보닛을 들어 올렸다. 배터리와 연결된 모든 선들을 다 뜯어버리고, 다시 보닛을 닫았다.
　다시 그 햄버거집에 되돌아와서 송태호가 기다리고 있는 호텔 로비 커피숍에 전화를 했다.

　"팀장님, 저 이상수입니다. 지금 미행이 붙었어요! 택시 타고, 바로 본 호텔로 출발하십시오! 30분 후 그곳에서 뵙겠습니다!"

　허겁지겁 서둘러 호텔을 빠져나오는 송태호를 보고 있던 요원들은 지하 주차장 운전자에게 무전기로 뭐라 얘기를 하는 것 같았다.

하지만, 아무리 기다려도 승용차는 올라오지 않고, 송태호가 택시 타고 떠나는 모습을 발만 동동 구르며 보고 있었다.

송태호와 상수는 정말 오랜만에 만났다. 둘은 처음으로 식사를 같이 했다.
그동안 있었던 사건들 얘기하느라 시간 가는 줄 몰랐다. 여러 가지 안부를 묻고,

"팀장님! 도연수 얘기인데요!"

북 공작원들 테러를 막은 것부터 지금까지 해왔던 도연수의 활약상을 자세히 설명하였다.

"이제 북에 두고 온 부모도 죽었고, 아들 하나 남아 있는데! 애육원에 있답니다! 가능하다면 대한민국으로 망명시키면 좋겠습니다. 소리 소문 없이, 조용히 한국에서 살게 하면 좋을듯합니다만!"

거의 7개월 동안의 도연수 스토리를 듣고, 송태호는 한숨을 크게 쉬면서,

"지금 도연수는 많은 사건에 연루되어 있어, 우리 요원들 몇 명 죽였다는 소문도 있고, 특히 박수길 살인 사건은 덮을 수가 없어,

그 조서에 도연수 얘기가 수도 없이 많이 나오거든! 그걸 다 덮고 망명을 허용한다!?"

말을 끊고 차를 한 잔 마신다.

"하긴 대한항공 폭파한 김현희도 망명을 허용하고, 죄를 덮었지!"

"팀장님! 부탁드립니다!"

"그래, 알았어! 내 한국 가서 적극 검토해 볼게! 그건 그렇고, 지금 안기부 내 기밀정보를 북에 알려주는 간첩이 있는 것은 확실한데, 어디서부터 조사를 해야 할지 모르겠네!"

"팀장님, 저는 이번 독일 외교관 '슈미트' 테러 사건 때부터 이상했었어요! 독일 외교관 행적은 공공연한 비밀이라, 사실, 알려고 마음만 먹으면 알 수 있는 정보지 않습니까? 하지만, 저의 숙소를 아는 곳은 런던 지부밖에 없는데, 어떻게 다음 날이면 북한 공작원이 알아요?! 혹시 제 정보를 열람할 수 있는 사람이 누군지만 알면 그가 간첩일 확률이 매우 높지 않을까요?"

"상수야! 차마 할 말은 아닌데, 너 정보를 열람할 수 있는 곳은 딱 두 군데야! 서울 본부 정보 기록관 그리고 여기 유럽에서 블랙요원

시스템을 구축한 이탈리아 로마에 있는 '안기호' 국장이지, 이 분야에 베테랑이야! 안기부 핵심 요원이고! 설마 그 사람이 간첩이겠어?"

송태호는 말을 하면서도 눈치가 그 안기호 국장을 유력한 용의자로 보는 것 같았다.

"그 안기호 국장은 유럽에 있는 모든 블랙요원들의 고유 코드번호를 알고 있고, 정보가 필요하면 본부 허락 받고 열람할 수 있는 권한이 있어!"

"팀장님! 제가 그 안기호 국장을 한번 조사해 보겠습니다."

"조심해! 확실한 증거가 없으면, 네가 위험해!"

"예! 암암리에 증거를 잡아보겠습니다!"

상수는 송태호와 헤어지면서 재차 도연수 망명 건을 부탁하였다.

로마에 있는 안기호는 수족처럼 부리는 블랙요원 3명을 송태호가 있는 호텔에 파견하였다. 그곳에서 틀림없이 이상수를 만날 것이고, 그러면 '이상수-도연수' 그 연결고리를 잡을 수 있다 생각했는데, 차가 고장 나서 추적을 못 했다는 연락을 받았다.

한편으론, 도연수란 여자 공작원의 실체도 궁금했다.

'오죽하면 서울 본부에서도 도연수에 대하여 요주의 인물로 지정하여 회람을 돌렸겠는가? 또한 얼마나 주도면밀한 공작원이면 지금까지 변변한 사진 한 장 남기지 않았을까?'

상수는 송태호 팀장과 헤어지고, 연수에게 전화했다.

"잘 지내고 있는 거야? 벌써 며칠 되었다고 보고 싶네!"

"응, 나도 그래! 하루 종일 상수 씨만 생각하고 있어! 언제쯤 올 거야?

"뭐 조사할 게 있어서, 시간이 좀 걸릴 것 같은데, 이번 건 해결하고, 바로 갈게!"

상수는 마음을 굳게 먹었다. 송태호 팀장의 말이 맞는다면 로마에 있는 안기호 국장이 확실하다. 상수는 처음 프랑크푸르트 부임 명령을 받고, 친해졌던 독일 현지 정보원에게 전화를 하였다. 그를 만나 권총, 소형 녹음기, 도청 장치, 각종 소품들을 샀다. 그리고 그 물품들을 이탈리아 로마의 안전한 장소에 보관해 두라 전하고, 로마로 떠났다.

며칠 후, 상수는 이탈리아 로마 대한민국 대사관과 가까운 곳에 숙소를 정했다. 우선 안기호 국장의 거주지를 알아야 했다. 송태호 팀장으로부터 안기호의 외모를 들었다. 키는 170 정도 나이는 40대 중반, 몸은 배가 조금 나오고, 눈썹이 특이하게도 숱이 많아 삼국지연의 소설에 나오는 '장비'라는 별명도 있다.

상수는 대사관 주변에 주차를 하고, 대사관을 들락거리는 사람들을 망원경을 통해 며칠째 지켜보고 있었다. 그러던 어느 날, 대사관을 빠져나오는 승용차 운전자의 눈썹이 특이한 것을 보고, 뒤따라갔다. 로마 시내를 조금 벗어나 단독 주택들이 몰려 있는 주택가로 들어간다. 차에서 내려 집으로 들어가는 그의 모습은 송태호 팀장이 말한 것과 똑같은 신체구조를 가지고 있었다.

'됐어! 이제부터 본격적인 작업이다.'

다음 날, 안기호가 출근하기를 기다렸다. 10시쯤에 청소 아주머니가 도착, 청소를 마치고 12시쯤 나온다. 이틀에 한 번 청소하러 온다. 그 청소부는 현관열쇠를 현관 옆 거실 유리창 미닫이 홈에 두고 퇴근한다. 생각보다 보안이 너무 허술했다. 상수는 당당하게 현관문을 열고 집 안으로 들어갔다. CCTV 녹화하는 장비는 전원이 꺼져 있고, 집 안 내부 어디를 둘러보아도, 보안에 대한 흔적이 없다. 과연 이 집이 정보요원의 집이 맞는지 의심이 갈 정도였다. 전화기를 들자 신호음이 들린다. 전화기 밑에 소형 도청 장치를 부착하고 집을 빠져나왔다. 그날부터 상수는 눈에 잘 띄지 않는 장소에 주차를 하고, 장소를 수시로 옮겨 가며 잠복근무를 하고 있었다.

며칠 후, 해가 지고 가로등이 하나둘 켜지는 초저녁 시간에 안기호가 집으로 들어가고, 조금 지나자 처음 보는 차가 집 앞에 주차를 하더니 젊은 남자가 집으로 들어간다. 상수는 그들의 대화를 도청하기 시작하였다. 도청 장비를 켜고, 녹음장치도 가동시켰다.

"가져왔어? 빨리 줘!" 뭔가 다급하게 달라 하는데, 안기호의 목소리인 듯했다.

"자! 여기 있어요!" 카랑카랑한 젊은 남자의 목소리다.

상수는 차를 집 가까이 몰고 갔다. 거실 소파에 앉아 있는 안기호를 보았다. 그 옆에 주사를 놓고 있는 젊은 친구가 커튼 사이로 어렴풋이 보인다.

"도대체, 국장님 정보가 확실한 겁니까? 그 이상수란 놈 집 덮치고 나면 빈집이고, 어디 한두 번도 아니고! 씨팔!"

갑자기 젊은 친구의 언성이 높아지면서 안기호 국장에게 욕을 섞어가며 반말을 한다.

"이번 송태호 건만 해도! 참 어이가 없어! 그렇게 큰소리치더니! 계속 이런 엉터리 정보만 줄 거면, 우리 거래 끊자고! 약이고 뭐고, 알아서 해!"

"아니, 조금만 시간을 더 줘! 전번 약속대로 도연수만 처리하면 여길 떠나는 거지?"

"아니, 안 국장! 이상수를 잡아야 도연수를 잡지! 자기가 관리하는 이상수도 어디 있는지 모르는데, 그 말을 더 믿으라고? 약 없이 하루라도 버티겠어? 내가 약 안 주려다가 오늘 가져왔어! 왠지 알아? 이제 진짜 마지막 기회야! 딱 하나야! 도연수의 머리를 가져와! 안 그러면 너도, 나도 다 죽어! 씨팔!"

상수는 더 이상 들어봐야 아무 의미 없다는 것을 느꼈다. 도청 장치를 껐다.

'이 자식! 내 절대 가만두지 않는다.' 이를 악물었다.

차에서 내려 고양이 걸음으로 그 젊은 친구 차 배기통에 '위치 추적 발신 장치'를 부착하였다. 스위치를 올리고, 다시 차에 올랐다.
 1시간쯤 지났을까 그 젊은 친구는 집을 나와 차를 몰고 어디론가 떠났다.
 상수는 서두를 필요가 없다. 위치 추적 모니터만 보고 방향을 잡았다.
 로마 서민들이 모여 사는 다가구 주택 밀집지역으로 들어가는 게 보인다.
 상수는 그 젊은 친구가 사는 집 2층에 불이 켜지는 걸 보았다. 특수훈련을 받은 북 공작원들은 매사에 자신감이 차 있다. 사격이면 사격, 격투면 격투, 거기에다 강인한 정신력까지!
 머리맡에 총 한 자루만 두고 자면, 어느 누가 들이닥쳐도 자신 있다. 그러다 보니 현관문 시건장치는 대충대충 해놓는다.

 밤이 깊어지자, 주변은 온통 칠흑 같은 어둠과 고요만 있다. 상수는 그 허름한 주택 2층에 올라갔다. 복도와 붙은 유리창문을 살짝 밀어보았다. 역시 시건장치는 없고 쉽게 열린다. 창문을 열고 집 안으로 들어갔다. 거실 소파에서 코 고는 소리가 요란하다. 상수는 그 친구 머리맡에 있는 권총을 집어서 뒤 허리춤에 찼다. 이 또한 상수와 같은 소음 권총이었다. 거실 불을 켰다. 순간 코 고는 소리가 멈추고, 상수는 그 친구 머리를 가볍게 툭툭 쳤다. 갑자기 기합 소리와 함께 그의 몸이 본능적으로 튀어 오른다. 상수는 깜짝 놀랐다.

아차! 하는 순간 상수 손에 있던 총이 그 친구의 주먹에 맞아 저 멀리 날아간다. 정말 전광석화 같은 손놀림이다. 젊은 공작원은 완전히 격투 태세로 전환되었다.

머리맡에 두었던 소음 권총을 찾았지만 없는 것을 확인하고, 바로 상수를 향해 돌진한다. 상수 또한 허리춤에 차고 있던 소음 권총을 꺼내었지만, 너무나 빠른 공작원의 돌진에 소음 권총을 놓치고 말았다.

둘의 격투는 막상막하이다. 주먹과 발차기가 현란하게 오가고 시간이 갈수록 둘은 지쳐간다. 순간 이 젊은 공작원은 마룻바닥에 떨어진 상수의 총을 발견하고는 빠르게 슬라이딩을 해서 총을 잡았다. 상수 또한 이 잠시의 틈에 바닥에 떨어져 있는 공작원의 총을 잡았다. 둘은 거의 동시에 방아쇠를 당겼다. 슛하는 소리와 함께 총이 불을 뿜고, 그 공작원의 오른쪽 어깨를 관통한다. 상수의 소음총은 안전핀이 걸려 있었고, 공작원의 총은 안전핀이 풀려 있었다. 찰나의 순간이 생사를 갈랐다. 상황은 종료되었다.

금방 바닥이 피로 물든다. 숨을 헐떡이고 누워 있는 그 공작원을 향해 계속적으로 총을 겨냥하고 있었다. 상수는 녹음기를 켰다.

"언제부터 안기호 국장을 포섭했나?"

"죽여라! 이 간나 새끼!"

설계자 안기호

상수는 발로 총알이 관통한 어깨를 꾹 눌렀다. 고통에 얼굴이 찌그러진다.

"아는 것만 얘기해! 죽이지는 않겠다!"

"제발! 이 어깨! 발 좀!"

상수가 어깨 발을 치우자 거친 숨을 몰아쉬며, 체념 어린 목소리로

"3년 전쯤, 로마에 있는 한국 대사관 가서 근무하라는 말 듣고, 그 안 국장 밑에 있었어! 그때, 이미 안 국장은 '엠마 베버'라는 독일 여자한테 푹 빠져서, 나만 보면 만나게 해달라고 사정사정하더라고! 그 독일 여자에게 포섭된 거지!"

숨을 한번 고르고 다시 말을 이어가는데 점점 느려진다.

"그 후부터 나는 베를린 김상철 총책 지시대로만 움직였어! 안 국장은 처음에는 '마시는 마약'부터 시작해서 지금은 히로뽕이야! 완전 중독되었지!"

"그 '엠마 베버'라는 여자는 어디 있는 거야!"

"난 몰라 누군지! 그 여자 얼굴 본 사람 몇 안 될걸?"

한참을 말없이 가만히 있다. 힘이 빠지는지 단어 하나 말하는 데 힘겨워한다.

"잔인한 여자라고 소문나 있어! 안기부 요원 2명, 자기 얼굴 안다고 죽였다고 하더라! 그게 다야! 내가 안 국장 통해서 안기부 기밀 많이 빼냈지!"

모든 걸 체념했는지, 상수를 쳐다보고 유언처럼 천천히 말한다.

"당신 누구야? 죽기 전에 그거나 알고 죽자!"

"나? 너희들이 그렇게 찾던 이상수!"

예상이라도 했는지 고개를 끄덕이고 눈을 감는다. 그러고 숨이 약해지고 조용히 침묵만 흐른다. 피가 온 바닥을 흘러 경사진 방구석으로 흘러간다. 상수는 열린 유리창을 통해 빠져나오고, 유리창을 살짝 닫았다.

다음 날 저녁, 안기호 국장 집으로 갔다. 창틈에 있는 현관문 열쇠로 집 안에 들어간 다음, 다시 열쇠를 창틈에 두고, 문을 안에서 잠갔다.

  전화기 밑 도청 장치를 떼어내고, 집 안에 행여 안기부 기밀 서류가 있는지 샅샅이 뒤졌다. 아무것도 나오지 않았다. 갑자기 현관문이 철컥하고 열린다. 상수는 빈 옷장에 숨었다. 안기호 국장이 서둘러 들어오더니 소파에 앉자마자, 가방에서 주사기를 꺼내고, 팔을 걷어 올린다.

  상수가 급히 뛰어나가며, 그 주사기를 뺏었다.

"누구야! 누구야?"

  놀라서 가방 안에 있는 총을 꺼내려고 했지만, 이미 가방은 상수 손으로 넘어가 있었다. 마약에 중독되어 수전증까지 있는 안기호 국장은 상수의 재빠른 행동을 당해낼 수 없었다.

"안기호 국장님! 저 이상수입니다! 이제 그만 모든 것 내려놓고, 자수하시죠! 어제 그 북 공작원! 국장님 협박하는 그 공작원은 죽었습니다!"

"응? 뭐라고? 그 '김시철'이 죽었다고? 당신이 죽였어?"

"난 그 친구 이름은 몰라요! 죽기 전에 녹음했으니까 들어보시죠!"

녹음기를 틀자, 안기호는 고개를 끄덕이며 일어서더니, 진열장 안에 있는 위스키를 꺼낸다.

"이상수 요원 말로만 들었지, 얼굴은 처음 보네! 미안해! 주사 대신 독한 위스키 한잔할게!"

그러면서 위스키병 잡은 손을 심하게 떨고 있다. 이를 본 상수는 일어나 술을 대신 따라주었다. 단숨에 몇 잔을 마시더니, 조금은 차분해진다.

"내가 지은 죄 내가 잘 알아! 변명은 안 하겠어. 그 죗값을 피하지도 않겠어! 그놈! 김시철! 악마 같은 놈! 내가 몇 번 죽으려고 했지만 늘 실패했어! 나를 이렇게 중독자 만들고! 이제 죽어도 여한은 없네! 고마워, 이상수 요원!"

그리고 또 위스키를 연거푸 마신다. 몸과 정신 모두 망가져 있었다. 벌겋게 충혈된 눈, 흐트러진 머리카락, 초점 잃은 눈동자는 불안에 휩싸여 어느 한 곳을 잠시도 응시하지 못하고 두리번거린다. 더듬거리며 말을 이어가고 있었다.

"내가! 내가! 이렇게 된 것은 '엠마 베버' 그 여자 때문이야! 그래도 난 그 여자 원망은 안 해! 죽기 전에 딱 한 번만이라도 보고 싶어!"

자신을 이렇게 처참하게 망가뜨린 엠마 베버를 원망하지 않는다? 오히려 보고 싶다고까지 말한다! 상수는 이해할 수 없는 묘한 기분에 빠진다.

"내가 미쳤지 미쳤어! 서울에 있는 마누라! 자식들한테 너무 미안하고…."

말에 두서가 없고, 횡설수설하는 입가에는 침이 고여 거품이 생기기 시작한다.

"그 엠마 베버를 3년 전쯤, 파리 드골 공항에서 만났어!"

제13장

엠마 베버

3년 전 1987년 가을,

안기호는 유럽 내 안기부 산하조직 '특수활동요원' 즉, 블랙요원 조직 설계도를 완성시키고, 서울 안기부 핵심 고위급 간부들이 모인 자리에서 최종 브리핑을 마쳤다.

서울 가족과 함께 1개월이라는 시간 동안 행복한 휴가를 마치고, 다시 서독 본에 있는 대사관으로 복귀를 해야 했다. 직항으로 가는 티켓이 없어 파리 경유 비행기를 탔다. 파리 드골 공항 대합실에서 본으로 가는 비행기를 기다리는 중이었다.

커피 한잔하려고 공항 커피숍을 들렀는데, 앉을 자리가 마땅찮고 해서 4인용 테이블에 혼자 앉아 있는 동양인 젊은 여자에게 양해를 구하고 앉았다.

"혹시 한국분이세요?"

앞에 앉은 젊은 여자가 먼저 말을 걸어온다. 안기호는 슬쩍 눈을 들어 그 젊은 여자의 얼굴을 살펴보았다. 까만 뿔테 안경에 단발머리, 하얀 피부! 첫눈에 참 신선하게 생겼다는 느낌을 받았다.

"아! 예! 한국 사람 맞습니다. 앞에 분도 한국?"

"아뇨! 저는 독일 사람이에요. 다만, 부모님이 한국 사람입니다. 전, 파리에서 일 마치고, 본으로 돌아가는 길이에요!"

탑승 시간이 되어 수속을 마치고, 기내로 들어서니, 공교롭게도 안기호 옆 좌석이었다. 본 공항에 도착할 때까지, 둘은 많은 얘기를 나누었다. 뮌헨대학을 졸업하고 대학원에서 2년간에 걸쳐 MBA(경영학 석사) 과정을 거의 마쳤고, 현재 몇몇 독일 기업에 이력서를 제출한 상태라 한다.

"이것도 인연인데, 우리 가끔 만나 커피 한잔하시죠?!"

그러고 한국 본 대사관 근무 명함을 주었다.

"저는 집이 뮌헨인데, 여기 본에 자주 와요. 그때 연락을 드릴게요! 제 이름은 '엠마'예요! 성은 베버!"

안기호는 엠마와 헤어지고 나서 정신 집중이 안 된다. 눈만 감으면 엠마의 하얀 얼굴, 큰 키, 촐랑거리는 단발머리! 잊으려고 머리를 흔들고 애를 써보았지만, 그럴수록 더 깊이 빠져들어 가고 있는 자신을 발견한다.
'누가 그랬잖아! 비행기에서 만난 인연은 '본드 궁합'이라고!' 자기 위로를 해본다.
엠마 생각에 하루하루가 고통스러웠다. 헤어진 지 일주일이 지났다. 사무실로 전화가 왔다.

"안 선생님, 저 엠마예요! 지금 본에 왔어요!"

안기호는 전화기에서 들려오는 엠마의 목소리를 듣고 다리가 떨리고 가슴이 콩닥거려, 사무실에 더 이상 있을 수가 없었다.
약속시간 1시간 전에 호텔 커피숍에 갔다. 일주일이라는 시간이 그렇게 긴 시간인 줄 안기호는 몰랐다. 엠마를 만나기 위해 기다리는 지금 이 시간은 꿀맛 같은 시간이다.
로비에 들어서는 엠마를 보았다. 순간 얼핏 보면 엠마 같은데, 그때와 너무나 달랐다. 그때는 수수하고 예쁜 학생 차림이었다면, 지금 로비에 나타난, 엠마는 진회색 코트에, 안에는 진고동 원피스,

하이힐, 마치 영화 속 유명 배우 같은 모습으로 앞에 와 서더니 인사를 한다.

그렇게 시작된 둘의 만남은 안기호의 혼을 빼놓기에 충분하였다.

안기호는 대학 때 심리학을 전공하고, 군복무는 보안사 심리전단 부대에 배치되어 근무 중, 그의 능력을 인정받아 안기부 특채로 뽑혔다. 안기호는 미 CIA에서 운영하고 있는 블랙요원 시스템을 한국 안기부에서도 도입해야 한다고 꾸준히 개진한 끝에 예산이 확보되면서 결실을 보게 되었다.

때마침 구소련이 붕괴되고 위성국가였던 동유럽 국가들은 자유시장경제 체제의 바람이 불고 있었다. 본격적으로 치열한 남북 체제 경쟁이 시작된 것이다.

경제 영역을 넓히기 위해 동구권 국가들과의 수교를 원하는 남! 이를 방해하려는 북! 북은 체제 유지를 위해 수단과 방법을 가리지 않는다. 유럽을 방문하는 남측 외교관, 경제인, 예술인들을 납치, 유인, 암살 등 테러가 끊이질 않았다.

안기부 또한 테러를 사전에 막기 위한 비밀 정보원 즉, 블랙요원들의 역할이 매우 중요했다. 그러다 보니 유럽 내 모든 정보원 선발 및 관리를 총괄하는 안기호에게 거는 기대가 클 수밖에 없었다. 북의 입장에서는 시간이 갈수록 안기호가 제일 두려운 존재였다.

그래서 35호실에서는 안기호를 무너뜨리기 위한 전담팀을 구성하게 되었다.

 안기호는 깊은 사랑에 빠졌다. 이제 자기 옆에 엠마가 없다는 것은 상상도 하기 싫다. 그러던 중 안기호는 독일 본에서 이탈리아 로마 대사관으로 근무처가 바뀌었다.
 본과 로마를 오가는 그들의 연애 행각도 6개월이 넘었다.

"안 선생님! 부탁이 있는데!"

 지금까지 부탁 한번 하지 않던 엠마가 정색을 하고 말을 한다. 안기호는 지금까지 부담스러운 말, 부탁 한번 하지 않는 엠마가 말하는 건 무엇이든 꼭 들어주어야 한다고 순간 생각이 들었다.

"정말? 엠마가 나한테? 나보고 죽으라는 것 말고 다 들어줄게!"

"저! 이모 아들인데, 사촌 동생이에요! 그 로마 대사관에 취직 부탁하려고요! 안 선생님 밑에 두고 일 시키면 좋을 텐데! 정 어려우면 안 해줘도 되고…."

"그래? 알았어! 누구 부탁인데!"

그 후 엠마 사촌 동생 '김시철'은 로마 대사관에 임시직으로 채용되었다.

김시철은 안기호 운전사도 겸하면서 소소한 심부름부터 허드렛일까지 불평 한번 하지 않는 성실한 젊은 친구였다.

안기호는 본에 엠마를 만나러 갔다. 그날은 독일에서 활동하고 있는 정보 관련 핵심 블랙요원들을 만나, 급변하는 동유럽 국가들의 체제 변화를 설명하고, 단합대회 겸 간단한 만찬 일정도 잡혀 있었다.

시간이 너무 타이트해서 안기호는 하지 말아야 할 행동을 하게 되었다.

요원 2명과 같이 하는 식사 자리에 엠마를 부른 것이다. 엠마는 무척 당황하였다. 안기호는 엠마를 독일교포 2세라 소개시키면서, 뮌헨대학 MBA를 마치고, 우리가(안기부) 하는 일에 음으로 양으로 도움을 주고 있는 인재라고 소개를 시켰다.

안기호가 안기부 내 핵심 기획통으로 자리 잡으면서, 블랙요원(특수활동요원) 선발 과정에서 나름대로 기준이 있었다.

첫째 무엇보다도 국가관이 뚜렷해야 한다. 즉 자유민주주의에 대한 신념이 확실해야 한다. 장교 출신은 특히 우대하였다. 장교 출신을 우선적으로 두는 것은 국내에서 장교 임관 과정 시 철저한 신원조회를 하기 때문이다. 당시 장교가 되려면, 친가 팔촌, 외가 사촌까지 북에 이산가족이 남아 있지 않아야 하며, 조총련에 연결된 흔적이 없어야 한다. 친척을 앞세운 북 공작원 접근을 처음부터 막기 위해서이다.

이 두 가지 기본 요건이 충족되면, 다음은 개개인 능력에 따른 업무가 주어진다. 상수도 해군 장교 출신으로 기본조건은 충족하였던 것이다.

1980년대 후반 북의 테러가 노골화되어 가는 시점이라 전투력이 있는 특수활동요원이 필요했다. 북의 8군단에서 특수훈련을 받은 북 공작원들과 맞서 목숨을 걸고 싸워야 하는 블랙요원을 발굴하여 양성하기가 쉽지만은 않았다. 그런데 국제범죄 조직인 아프간 파병 러시아 군인들과 맨손으로 싸워 궤멸시킨 이상수가 자발적으로 지원하니 안기부에서는 상수의 출현에 많은 기대를 하고 있었다.

모두들 엠마를 반겼다. 그도 그럴 것이 안기호 국장의 소개이니 서로 경계심을 풀기에 충분했다. 명함을 교환할 정도로 끈끈한 유대감도 생겼다.

요원 중 한 명인 '지순철'은 자유주의 보수적 성향이 강한 '프랑크푸르트 알게마이네 차이퉁(Frankfurter Allgemeine Zeitung)' 일간지 신문사 기자로 근무하고 있고, 다른 한 명인 '이동성'은 독일의 최고 기업 '지멘스(Siemens) 그룹' 베를린 본사의 해외 마케팅 부서에서 근무하고 있었다. 이들 모두 독일 유학파로 유학 시절부터 안기호가 여러 면에서 도움을 주었고, 졸업 후 그들이 원하는 독일 유수 기업에 취업할 수 있도록 힘을 보탰다. 안기호가 5년에 걸쳐 공을 들인 제일 아끼는 핵심 정보요원들이다.

독일 정치인들의 성향, 북측 인사들과의 접촉, 동향 파악, 북으로 가는 핵심 기술 유출 등을 감지하고 그 사실들을 안기부에 보고함으로써, 국가 외교 정책을 결정하는 데 핵심 역할을 하고 있었다. 또한 향후 한국경제 발전에 많은 도움을 줄 수 있는 국가관이 뚜렷한 애국자들이었다.

식사 마지막에 모두 "대한민국 국가를 위하여!" 건배를 하고 헤어졌다.

엠마와 함께 호텔 룸에 들어온 안기호는 그날따라 엠마가 말수가 적고 무언가 걱정이 있는 듯 보였다.

"엠마, 무슨 일 있어?"

그러면서 엠마를 안으려 하자,

"오늘은 좀! 생리 중!"

"응 그래? 다음 주에 꼭 로마에 와!"

이것이 엠마와의 마지막 날이었다.

엠마는 생각도 못 한 자리에서 2명의 안기부 요원들을 만났다. 당장 어떻게 처신을 해야 할지 생각이 떠오르지 않았다. 베를린 김상철 총책에게 이 사실을 알렸다.

"뭐? 그럼 동무 얼굴을 안기부 요원들이 안다는 것이잖아! 요원들 명함을 가지고 있다고?"

"예 총책 동무! 지금 가지고 있습니다!"

"동무! 과업이 아직도 많이 남아 있는데! 얼굴이 알려지면 안 돼! 공화국 공작원들 누구도 동무 얼굴을 모르는데… 내일 과업 내용을 전달하겠소!"

다음 날 엠마 숙소로 여자 한 명이 찾아왔다. 김상철의 과업 내용이 적혀 있는 쪽지를 읽고는 바로 그 쪽지를 찢어서 화장실 변기통에 버렸다.

엠마는 머리핀 4개, 브로치 4개를 핸드백에 넣고 프랑크푸르트가는 열차를 탔다.

'모든 것에 당이 우선한다! 당의 명령에는 1초의 망설임도 없다.'는 주체사상으로 무장된 엠마의 입장에서는 괴뢰국가인 대한민국을 위하여 건배를 했던 며칠 전 생각이 떠올라 마음이 편치 않다.

프랑크푸르트 도착과 동시에 지순철이 근무하는 신문사로 갔다. 지순철이 살고 있는 집을 알기 위해 신문사 출입구와 조금 떨어진 곳에서 지켜보고 있다. 퇴근 시간이 되자 직원들이 빠져나오고, 그 무리 속에 지순철도 보인다. 버스를 타고 어디론가 가고 있다. 엠마는 택시를 부르고, 미안하지만 저 버스를 따라가 달라고 했다. 남편이 바람을 피워 지금 추적 중이라면서 택시비는 두 배로 주겠다 하니 택시 운전자는 영웅심이 생기는지 '당케 마담'을 연발하며 신이 났다. 지순철은 버스에서 내려 다가구 주택이 밀집한 동네로 들어간다. 엠마는 지순철 집을 일단 알게 되었다.

가까운 곳 모텔에 투숙하면서 우연을 가장한 지순철과의 만남을 꾸몄다.

토요일 지순철은 걸어서 5분 거리에 있는 '그로서리' 가게에 들렀다. 이것저것 식품을 사고, 계산대에 섰는데, 앞에 선 동양인 여자가 어디서 본 것처럼 낯이 익었다.

얼핏 옆모습을 보니, 엠마였다. 깜짝 놀라, 엠마의 팔을 툭 치면서

"저 엠마 씨 아니에요?" 그러자 엠마는 지순철 얼굴을 쳐다보고

"어머! 어머! 이럴 수가! 반가워요! 성함이 갑자기 생각나지 않아요!"

커피숍에 자리를 잡고 둘은 이산가족 만난 것처럼 너무 반가워 어찌할 줄을 몰랐다.

"여기 사촌 언니가 살고 있어서 가끔 놀러 오는데! 지순철 씨는 여기 웬일이에요?"

"저도 여기서 5분 거리에 살아요! 엠마 씨 점심 전이면, 같이 식사해요! 제가 자주 가는 스테이크 집이 있는데, 오늘 제가 살게요!"

"미안해요! 언니와 점심 약속이 있어서, 맨날 외식만 하다 보니, 가끔 집에서 엄마가 해주던 한국 음식이 생각나요! 그래서 여기 오면 꼭 언니가 해주거든요! 그래서 식재료는 제가 사 갑니다. 조카도 볼 겸해서."

"아 그러세요? 뮌헨으로 언제 돌아갑니까?"

"월요일 오후에 떠납니다. 내일 저녁에 시간이 비는데, 저녁에 만날까요?"

많은 시간을 엠마와 얘기했다. 집에 온 지순철은 몸이 달았다. 유학 시절 몇몇 유학 온 여학생들과 사귀어도 보았지만, 그저 그렇고 무미건조했었다. 하지만 오늘처럼 이렇게 가슴이 소용돌이치는 것은 처음 경험했다. 무언가 모르게 남자의 마음을 끄는 매력이 있었다. 미인에다가, 잘 다듬어진 외모, 그보다 해박한 지식에 더 끌리는 것 같았다.

다음 날 오후 둘은 전날 만났던 커피숍에서 간단히 차를 마시고, 시내 호텔 칵테일 바로 장소를 옮겼다. 둘째 날의 엠마는 요염한 섹시미까지 보탰다. 지순철의 몸과 마음을 충분히 달구었다. 지순철은 독일에서 유학 생활 중 겪었던 외로움, 불안한 미래, 앞으로 전개될 국제정세 등 지극히 엘리트다운 고민들을 털어놓았다. 거기에 맞장구쳐 주는 엠마! 어느새 위스키 한 병을 다 마시고 취기가 오르는지 일어서는데 비틀거린다. 엠마를 부축하고 술을 깨야 한다며 집까지 걸어갔다. 집 가까이 오자 지순철은 용기를 내었다.

"저희 집에 올라가서 한국 라면 끓여 먹을까요?"

"응? 라면! 라면에 김치! 좋지요! 근데, 오늘은 좀! 두 번째 만남인데…."

지순철이 한 번 더 용기를 내었다. 이미 엠마가 쳐놓은 덫에 완전히 무장해제 된 상태다. 그는 올가미를 벗어날 수 없는 한 마리 수컷에 불과했다.

집에 들어온 지순철은 라면을 끓인다고 부산스럽다. 엠마는 좀 씻어야겠다며 욕실로 들어갔다. 욕실 문을 조금 열고는 벗은 옷들을 차례차례 문 앞에다 놓는다. 마지막 팬티와 브래지어도 보인다.
 지순철은 이 엠마의 돌발적인 행동에 이성을 잃었다. 자신도 모르게 옷을 벗고 욕실로 뛰어 들어갔다.

신문사에서는 매주 월요일 아침이면 지난주 나간 기사를 분야별로 취합하여 분석하고, 이번 주, 주요기사 취재 방향을 결정하는 회의가 열린다. 정오가 되어도 지순철이 연락이 없고, 집에 전화를 해도 받지를 않는다. 오후 늦게 직원이 집에 방문하여 초인종을 아무리 눌러도 대답이 없어, 관리실 관리인과 같이 문을 따고 들어가 보니 침대에 반듯하게 누워 있었다. 탁자 위에는 반쯤 남은 위스키 술병과 글라스 1개가 보인다. 깨끗이 정돈된 부엌, 욕실, 거실, 어디에도 외부인 침입 흔적이 없다.
 급히 앰뷸런스, 경찰에 연락하고 병원에 옮겼으나 이미 숨진 지 오래였다. 사인은 심장마비였다.

엠마는 베를린 김상철에게 처리완료 했다는 보고를 했다.

"동무는 우리 공화국의 영웅이오! 빨리 베를린 무역사무실로 복귀하세요! 35호실에 동무의 영웅적인 공작과업을 추천하겠소! 동무! 지멘스에 근무하는 '이동식' 그 에미나이는 어떻게, 동무가 마무리하겠소? 아니면 여기 공작원들을 시킬까? 동무 편한 대로 말하시오!"

"총책 동무! 나머지 이동식도 제가 처리하겠습니다!"

"좋소! 이번 건 별 탈 없이 잘 처리하고, 베를린 무역사무소에서 당분간은 숨어 지내는 게 좋겠소!"

일주일 후 이동식 또한 침대에서 심장마비로 죽었다.

로마에 돌아와서 한 달쯤 지났을 무렵 안기호는 하늘이 무너지는 소식을 듣게 된다. 그날 엠마와 같이 식사 했던 독일 요원 2명이 일주일 간격으로 심장마비로 죽은 것이다.

로마에 올 것이라고 약속했던 엠마는 그날이 되어도 연락이 없고, 1달이 지나고 두 달이 지나도 전화 한 통 없다. 사촌 김시철에게 알아봐 달라 애원도 해봤지만, 자기도 연락이 안 된다면서 무성의한 답변만 되돌아온다.

시간이 지나면서 잊히는 게 아니라 오히려 안기호의 마음은 그리움의 상처만 더해갔다.

"이럴 줄 알았으면 사진이라도 한 장 찍어둘걸! 신기하게도 어찌 사진 한 장 없나! 바보 같은 놈! 사진이라도 보면 이 허한 마음이 조금이라도 위로가 될 텐데…."

술에 의지해 하루하루를 보내고 있는데, 김시철이 운전해서 집에 오면, 잠을 푹 잘 수 있는 차라며 한 잔씩 주었다. 신기하게도 그 차를 마시고 나면 몽롱해지면서 꿈속에서 현실처럼 엠마를 만나고 있는 자신을 발견한다. 하루는 김시철이 우편물이 왔다면서 사진을 보여주는데, 그동안 엠마와의 섹스 장면들이 적나라하게 찍혀 있었다. 그때부터 김시철의 본색이 드러나면서 안기호를 협박하기 시작했다. 요구 사항을 들어주지 않으면 그 사진들을 서울 본가, 안기부, 언론사 등에 뿌릴 것이라고 해 김시철이 요구하는 정보들을 들어주기 시작했다. 한 번만! 한 번만! 이번이 마지막이다! 하면서 들어준 것이 이제 걷잡을 수 없는 상황으로 전개되었다. 그제야 안기호는 이 모든 것이 치밀하게 짜여진 엠마의 계획이라는 걸 깨달았지만 이미 늦었다. 국가에 대한 죄책감에 사로잡혀 점점 마약에 의지하게 되었다.

제14장

시칠리아 꽃 축제

상수는 안기호 집을 나서며,

"안 국장님! 내일이라도 귀국하셔서 자수를 하세요! 당분간 제가 이 녹음 자료들은 가지고 있겠습니다. 참! 그 엠마라는 여자 그 후로는 어디 있는지 전혀 모릅니까? 혹시, 감잡히는 장소라도 있습니까?"

말을 오랫동안 많이 해서 그런지 기침을 심하게 하고, 눈도 힘겹게 뜨다 감았다 한다.

"몰라! 전혀!"

"이름은 '엠마' 성은 '베버' 맞습니까?"

잠을 자는지 더 이상 말이 없다.

상수는 거실 불을 끄고 나왔다. 로마 시내 밤거리를 달렸다. 왜 이렇게 허무하고 눈물이 나는가? 안기부 최고의 기획 설계자 안기호!
한 여자 때문에 저렇게 처참히 무너지고 말았구나! 호텔에 올라와, 새벽까지 보고서를 작성하였다.
　상세 보고서와 증거자료인 녹음테이프 2개(공작원 김시철, 안기호 국장)를 특급 우편 봉투에 넣고 봉한 다음 가방에 넣어두었다.

다음 날 아침 일찍 안기호 국장 집으로 향했다. 한국 귀국을 한 번 더 설득해야겠다고 마음먹었다. 한편으로는 몸과 마음이 망가져 있는 안기호 국장에게 따뜻한 밥 한 끼 대접하고 싶었다. 그런 다음 송태호 팀장에게 전화해서, 보고서가 동봉된 우편물을 어디로 보내야 할지 물어보고, 이 사건을 마무리해야겠다 생각했다.

주택 마을 입구에 도착하자, 앰뷸런스가 와 있고, 경찰차들이 안기호 집 앞에 주차해 있다. 마을 사람들이 몇 사람 모여 웅성거리고 있었다. 옆에 있는 중년 여자에게 물었다.

"저 집에 무슨 일이 있나요?"

중년 여자가

"새벽에 총소리가 나서 경찰에 신고했는데, 자살을 했다네! 세상에!"

상수는 멍하니 한참을 서 있었다.

상수는 호텔에 돌아와, 런던 지부에 전화를 했다. 지금 로마 엠 호텔에 머물고 있으며, 서울 송태호 팀장에게 급히 의논할 사항이 있으니 전화 바란다고!
이제 안기부 내 간첩이 없으니 자신의 현재 숙소를 거리낌 없이 알려주었다.

송태호 팀장에게서 전화가 왔다. 상수는 간략하게 로마에서 있었던 일을 보고하였다. 상세한 보고서 및 증거품은 어디로 보낼 것인가 알려달라 했다. 송 팀장은 일단, 본 한국대사관 내 안기부에 특급우편으로 분류해서 보내라 한다.

"내가 본에 있는 팀장에게 미리 얘기해 놓을게! 정말 고생 많았다! 상수 너야말로 최고의 요원이야! 고맙다!"

듣기 민망할 정도의 칭찬을 하더니, 갑자기

"전번 왜 나한테 부탁했던 거! 도연수 망명 건! 정식으로 제안했어! 현재로썬 서류상 하자가 없으면 허용될 것도 같은데."

"팀장님, 감사합니다. 대충 언제쯤 가능할까요?"

"일주일 정도 지나고 나서! 나한테 다시 전화해 봐!"

상수는 바로 로마 우체국으로 가서 서독 본 한국 대사관 주소로 특급 우편물을 보냈다. 순간 연수가 너무 보고 싶어졌다. 이제 연수는 별 탈이 없으면 한국 사람이 된다. 전화를 했다.

"내일 오후쯤 도착할 것 같아!"

"알았어! 목욕단장 하고 기다리고 있을게! 우리 안 본 지 한 보름 되었나, 모르겠네! 보고 싶어!"

"응! 나도 그래! 내일 봐!"

로마에서 시칠리아 팔레르모로 가는 비행기를 예약하고, 공항 로비에 앉아 TV를 보고 있는데, 자살한 안기호의 뉴스가 짤막하게 나온다.

상수는 순간 마음속 깊은 곳에서 참기 어려운 분노가 솟아오르는 것을 느꼈다.

'안기호의 운명을 바꾼 엠마라는 여자 공작원! 도대체 그 여자는 어디에 살고 있을까? 유능한 안기부 요원 2명도 자기 얼굴 안다는 그 이유 하나 때문에 살해했다. 잔인하고 냉혈한 같은 여자 공작원! 도저히 용서할 수가 없다.
　어쩌면 연수는 그 여자를 알고 있을 수도 있다. 어차피 북에서 파견된 여러 여자 공작원들 중 한 사람이니까!'

　팔레르모 공항에 도착과 동시에 시내로 갔다. 시내 우체국에 들러 사서함을 개설하고, 영국 런던 지부에 전화했다. 앞으로 모든 연락은 이 팔레르모 우체국 사서함으로 해달라면서 사서함 주소를 알려주었다.

　1시간이라도 빨리 만나고 싶은 마음에 마리아가 운영하는 레스토랑에 먼저 갔다. 마리아가 상수를 보고는,

　"킴에게 맛있는 것 해준다고, 오늘 일찍 퇴근했어! 빨리 집으로 가봐!"

　언덕 위 주택, 상수는 지난 보름이 거의 1년이 된듯한 느낌이다. 택시에서 내려 뛰는 걸음으로 한달음에 집 현관에 도착했다.

초인종을 누르자 연수가 뛰어나온다. 둘은 가슴이 터질 듯 껴안았다. 왜 이리 애틋한 것인가?

5월의 시칠리아는 자연의 축제가 시작된다. 계절의 여왕답게 거리와 주택, 특히 교회 주변에는 다양한 꽃들로 덮여 거대한 꽃 도시로 바뀌어 가고 있었다. 상수가 살고 있는 집 주변의 언덕길에도 야생화들이 경쟁하듯이 피어나고 있다.

오늘 아침도 지중해 푸른 바다를 마주 보고, 함께 커피를 마시면서 비발디의 〈사계〉를 듣고 있었다.

"상수 씨, 여기 시칠리아는 너무 아름다워서 사람의 혼을 빼놓아! 그리고 무슨 꽃이 이렇게 많아! 전 세계의 꽃이란 꽃은 여기 다 모아놓은 것처럼 보여! 그것도 자연 그대로야!"

"정말 대단하지? 5월 중순에 노토(Noto)에서 꽃 축제까지 한다네! 그래서 관광객도 많이 온다고 하더라!"

"아! 그렇구나! 며칠 전부터 식당에 앉을 자리가 없었어! 독일 관광객도 많이 오더라고! 내가 통역도 해주고… 마리아가 고맙다고 몇 번이나 얘기했어!"

"우리도 한번 꽃구경 가자, 도시락 싸서! 어때?"

연수는 좋아! 좋아! 연발하며, 상수 목을 껴안는다.

둘은 마리아 레스토랑에 출근하여, 상수는 마르코와 주방에서, 연수는 마리아와 홀에서 주문을 받고, 직원 3명이 더 있었지만, 밀려드는 관광객으로 잠시도 쉴 틈이 없었다.

밤이 깊어지고, 어느 정도 손님이 뜸할 때쯤, 동네 젊은이들이 한 무더기 들어온다. 술과 음식을 시키고 시끄럽게 떠든다. 술이 몇 순배 돌고, 술 취한 친구들이 하나둘 생기고, 술을 또 추가로 시키자, 마리아가 다가가서

"손님! 이제 식당 마칠 시간입니다."

술을 주문한 친구가 게슴츠레 눈을 치켜세우고, 마리아에게 시비를 건다.

"야! 나 몰라? 한 병씩만 더 줘!"

"그럼 마지막으로 한 병만 더 드리겠습니다!" 그러고 한 병씩 더 돌렸다.

"근데, 저 동양인 아가씨 누구야? 우리한테 소개 좀 시켜줘!"

마리아가 안 된다고 하자, 목소리가 점점 커지기 시작했다. 연수는 조금 떨어진 곳에서 상황을 지켜보고 있다가, 그 젊은이들 앞에 섰다.
마리아 친구이고, 여기서 아르바이트하고 있는 중이라고 자기소개를 하였다.
그러자 한 용기 있는 친구가 같이 술 한잔하자며, 연수의 손목을 잡는다. 그것을 본 마리아가 고함을 지르며

"당장 그 손 놓지 못해! 경찰을 부를 거야!"

주방에 있던 상수와 마르코는 홀로 뛰어나왔다. 상수는 금방 사태 파악을 하고, 연수를 쳐다보았다. 손목이 잡혀 있는 연수는, 상수를 보고 씩 웃는다. 상수 또한 웃음이 나왔다. 둘의 웃는 모습을 보고 마리아 부부는 눈을 동그랗게 뜨고, 어이가 없다는 표정을 짓는다.

연수는 손목을 잡고 있는 그 젊은이의 엄지손가락을 뒤로 제치고, 자연스럽게 손목을 풀었다. 그리고 탁자 위에 있는 나이프를 들고, 눈 깜박할 사이에 나무 기둥을 향해 던졌다. 그들 탁자 위 나이프들은 순서대로 나무 기둥에 가지런히 꽂히기 시작한다. 하나

의 묘기 같은 장면을 보고, 그 젊은이들은 넋을 잃고 보고 있다가 하나둘 뒷걸음치며 가게를 빠져나간다.

연수가 크게 한마디 한다.

"어딜 가세요? 같이 한잔해요!"

상수는 크게 웃고, 연수에게 "정말 잘 참았다."고 박수를 쳤다. 상수 행동에 영문도 모르는 마르코는 멍하니 연수와 기둥에 박힌 나이프를 번갈아 보고 있다. 해프닝이 끝나고, 퇴근하면서 상수는 마리아에게 평일 하루 휴가를 달라 부탁했다.

아침 일찍 일어난, 상수와 연수는 도시락 싸느라 바쁘다. 샌드위치, 닭고기 샐러드, 소시지, 와인을 챙기고 오늘의 소풍 장소는 팔레르모 식물원으로 정했다. 컨버터블 스포츠카를 렌트했다. 차 천장을 완전히 뒤로 벗기고, 하늘과 바람을 만끽하며 식물원 가기 전 팔레르모 해안가를 먼저 드라이브했다. 5월의 바닷바람이 더없이 향기롭다. 기분이 들뜬 연수는 바다를 향해 크게 고함을 지른다.

"야! 이상수! 이상수!"

상수는 연수 입에 손을 대고, 웃으면서,

"그만 해! 나도 고함지른다! 야! 도연수! 오 솔레미오!"

옆을 지나가는 승용차 운전자가 뒤돌아보며, 엄지손가락을 치켜세운다.

식물원 정원에 자리를 깔고 누웠다. 하늘에는 높은 띠구름이 희미하게 걸쳐 있다.
상수 팔베개를 하고 누운 연수는

"나는 이 시칠리아가 이 세상에 존재하는 섬이 아니고 천국에 있는 섬으로 착각해! 상수 씨도 그렇지 않아? 하루하루가 꿈같아!"

상수가 일어나 앉으며, 연수 눈을 쳐다보고, 자연스럽게 키스를 한다.

"배고프다! 천국에서 먹는 도시락은 어떤 맛일까?"

가지고 간 도시락을 다 먹고, 팔짱을 끼고 정원을 산책했다. 같이 있을 때 한 번도 연수는 '아들' 얘기를 하지 않았다. 상수가 가볍게 말을 건네본다.

"아들 안 보고 싶어? 아들 이름이 뭐야?"

갑자기 아들 얘기를 하는 상수 얼굴을 쳐다보고는, 순간 심각한 얼굴로 바뀐다.

"왜 안 보고 싶겠어! 표현을 안 하고 마음속에 삭이고만 있지! 특히 혼자 있을 때 생각 많이 나! 상수 씨 가고 보름 동안 아들 생각에 많이 울었어!"

"미안! 내가 만날 수 있는 아이디어를 짜내고 있거든! 조만간 그 계획이 잡히면 알려줄게!"

"그게 가능하겠어? 절대로 무리는 하지 마! 난 지금 이대로도 좋아!"

상수는 일단 연수를 한국 국적을 취득하게 하고, 북에 있는 아들은 브로커를 통해 찾아보고, 일반 탈북민들처럼 중국을 통해 한국으로 데려오는 방법을 강구해 보려고 생각하고 있었다. 다음 주 생일 때, 생일 축하 선물로 구체적인 계획을 알려주기로 마음을 먹었다.

시내에 나온 상수는 런던에 전화를 했다. 송태호 기획조정실 팀장이 전화를 기다리고 있다는 연락을 받았다. 서울에 전화를 했다.

"팀장님, 이상수입니다. 전화 통화를 하고 싶다고!"

"네가 전번 보낸 보고서 '이탈리아 대사관 간첩 침투사건' 전모를 안기부 내 핵심 고위층이 알게 되었고, 매우 심각하게 생각하고 있다네! 조만간, 너에게 지시사항이 전달될 거야!"

"예, 잘 알겠습니다. 전번 말씀드렸던 도연수 망명 건은 결론이 났습니까?"

"그럼! 다음 주 중에 바로 서독 본 대한민국 대사관으로 가! 도연수 데리고! 아마 대북정보팀에서 상당히 기대를 하고 있는 모양이야! 여기 서울에서 한 명이 파견 나갈 정도로! 참! 도연수 북한 여권 있는지 물어보고, 없으면 북한 사람이라는 증명서, 예를 들면 주민증 비슷한 것 있어야 된다!"

"예, 알아보겠습니다. 팀장님 신경 써주셔서 감사합니다!"

상수는 내일이 연수 생일이라 생일 케이크 하나 사고, 예쁜 금목걸이도 샀다. 시내 나온 김에 겸사겸사 런던에 전화를 했던 것이다.

'아! 이제 한국 망명이 구체화되는구나! 그러면 연수는 한국으로 떠나고, 한국인이 되어 여기 이탈리아 돌아올 때까지 혼자 살아야 한다. 하긴, 내가 한국으로 가면 된다. 다시는 한국 땅 밟지 않겠다고 결심도 했지만….'

저녁에 상수는 연수 생일을 맞아 분위기 있게 조명등을 갈아 끼고, 생일 케이크를 앞에 두고, 생일 축하 노래를 불렀다.

연수는 감정이 복받쳐 오르는지 훌쩍거리고, 눈물을 닦는다. 금목걸이를 연수 목에 걸어주었다. 고맙다는 말만 되풀이하면서 고개를 숙이고 울고 있다. 상수는 일어나 뒤에서 연수를 꼭 껴안았다.

"좋은 날 왜, 울고만 있는 거야? 이제 우리 내일만 생각하자! 지난 일은 오늘부로 싹 다 잊어버리고!"

연수는 고개를 들고, 눈물을 닦고, 작은 미소를 상수에게 보낸다.

"내가 이런 행복을 가질 자격이 있는지 모르겠어! 난 상수 씨에게 아무것도 해준 게 없는데!"

"무슨 말 하는 거야! 연수는 많은 일을 했어! 그리고 연수에게 최고의 선물이 하나 더 있어! 내가 여기 오기 전부터 안기부에 부탁한 게 있었는데! 연수 한국 망명! 그게 허가가 떨어졌어! 다음 주 중에 나하고 같이 독일 본에 있는 한국 대사관에 가면 돼! 모든 준비가 다 되어 있고, 서울에서 한 명 파견 나온다네! 며칠 안에 내가 그 일정 정확히 알아볼게! 한국 국적 취득하고 나면, 북에 있는 아들도 데려올 수 있는 길이 있다고 들었어! 가능성이 전혀 없는 것은 아니야!"

상수의 말을 듣고, 뛸 듯이 기뻐할 줄 알았는데 예상외로 연수는 담담히 말을 한다.

"상수 씨 나 때문에 신경 써줘서 너무 고마워! 나는 이대로가 더 좋아! 물론 아들도 보고 싶지만, 그렇게 쉽게 되겠어? 미안하고 고마워!"

정말 꿈같은 날들은 5월의 마지막을 향해 달려가고, 이제는 온 사방이 장미꽃으로 덮이기 시작한다.

상수는 우체국 사서함을 열었다. 잘 봉합된 봉투 하나가 들어 있었다. 가까운 커피숍에 앉아 자료들을 읽어보았다.

독일 본 주재 안기부에서 보낸 '이탈리아 대사관 간첩 침투 사건' 조사 결과 최종 보고서였다.

귀하의 노고에 깊은 감사를 전합니다.
이번 이탈리아 대사관 간첩 침투 사건의 핵심 인물이었던 '엠마 베버'라는 독일 국적의 북 공작원에 관한 조사 자료입니다. 우리는 이 핵심 인물의 정체를 알기 위하여 독일 연방정보국 BND와 이 사건을 공유하였고 함께 수사를 하였습니다.

결론적으로 '엠마 베버'는 위조 여권의 이름이며, 최근 독일 프랑크푸르트 공항을 통하여 이탈리아로 출국한 것으로 나와 있었습니다. 참고로 선명하지는 않지만 CCTV에 찍힌 흑백사진을 첨부합니다. 로마로 출국한 것으로 추정할 수 있으나, 이탈리아 정부의 비협조로 더 이상 추적은 어려웠습니다. 정보 당국은 이 여자 공작원을 1급 살인 용의자로 간주하고 예의 주시하고 있습니다. 정보활동 중 발견될 시에는 임의 결정을 하지 마시고, 반드시 본부에 먼저 연락하시기를 바랍니다.

상수는 갑자기 등에 소름이 돋아나는 느낌을 가졌다. 희미하게 찍힌 사진을 보았다. 숨이 막힌다.

"말도 안 돼! 말도 안 돼! 아니야 그럴 리가 없어! 이 사진이 잘못된 거야!"

그러나 시간이 지날수록 상수는 손이 떨리고 가슴이 두근거린다. 말은 '아니야.'를 외치고 있지만, 머릿속 깊은 곳에서 도연수 이름이 새겨진다.
맨정신으로는 견딜 수가 없었다. 호텔 위스키 바를 급히 찾았다. 잔 가득히 따르고 연거푸 마셨다.

연수는 시내에 잠시 다녀온다고 나간 사람이 저녁 시간이 지나 밤 12시가 다 되어도 연락이 없어 괜히 마음이 불안해진다. 혹시 무슨 사건이 생겼나? 교통사고?

상수가 새벽에 술에 떡이 되어 택시에서 내린다.

연수가 부축을 하자 손을 뿌리친다. 상수 눈에 눈물이 범벅되어 눈물 자국이 번져 있었다.

"아니 무슨 일이야? 왜 울었어?" 연수는 상수 겉옷을 벗기면서 물어본다.

하지만 상수는 연수를 쳐다보고 울면서 애원한다.

"너! 너! 엠마 베버 아니지! 아니라고 말해!"

연수는 잡았던 상수의 손을 놓고 한 걸음 뒤로 물러선다.

"안기호는 자살했어! 그리고 김시철은 내가 죽였고! 모두 엠마 베버를 말하고 죽었어! 아니라고 말해! 엠마가 아니라고 그리고 넌 도연수야! 내가 다 해결했어!"

거실 바닥에 주저앉더니 고개를 푹 숙이고, 마음속 깊은 생각을 말한다.

"한국 망명 허가 떨어졌고! 이제 도연수는 한국 사람이야! 그럼! 한국사람….."

술에 취해 앞뒤 말이 엉키면서 했던 말 또 하고 했던 말 또 하고 그러더니 거실 바닥에 쓰러진다.

"연수야! 연수야! 나 떠나면 안 돼!"

마지막으로 중얼거리며 깊은 잠에 빠져든다.

상수를 침대에 눕히고, 양복 윗저고리를 옷걸이에 걸려는데, 안주머니에 삐죽 나온 서류 뭉치를 보았다. 연수는 그 '이탈리아 대사관 간첩 침투 사건' 최종 보고서를 읽고 있었다.

거실에서 바라보는 팔레르모항은 별빛만 조용히 비추고 있다. 연수는 말없이 몇 시간째 팔레르모항을 바라보고 있다. 지나온 시간의 고통스러운 파편들이 주마등처럼 하나둘 지나간다. 자신을 스쳐 간 남자들은 선과 악 구분 없이 모두 다 죽었다. 참으로 저주받은 인생이다. 순간 나머지 한 명, 상수만 살아 있다는 생각에 이르자, 불안감에 몸이 떨려온다. 어느새 부두 쪽에서 붉은빛이 솟아오르면서 새벽이 밝아오고 있었다.

상수는 머리가 깨어질 듯이 아파, 눈을 떴다. 침대에 누워 있는 자신을 발견했다. 어제 일이 전혀 생각나지 않는다. 머리가 하얗다. 물을 마시고 시계를 보니 10시를 가리키고 있다. 거실 베란다 어디를 둘러보아도 연수는 보이질 않는다. 조금씩 어제의 기억들이 떠올랐다 사라진다. 급히 양복 주머니를 보았다 서류 뭉치는 그대로 있고, 마리아 가게로 전화를 했다.

"미스 도, 아직 출근을 안 했어! 전화해 보려고 했는데!"

상수는 가슴이 답답해지기 시작하면서 불안이 엄습해 온다. 연수 책상 위에 무언가 보였다. 독일 여권이었다. 안을 펼쳐 보니, 'Name: Emma Weber' 사진은 안경 낀 연수 얼굴이 확실했다.

상수는 급히 마리아 레스토랑에 갔다. 불안해하는 상수를 보고 마리아는

"부부 싸움 한 거야? 조금 기다리면 연락 올 거예요!"

오후 2시경 경찰이라면서 전화가 왔다, 전화를 받고 있는 마리아 얼굴이 백지장처럼 하얘지고 말을 더듬거린다.

"거기 어디? 어디라고요? 팔레르모 식물원 공원?" 그러면서 상수를 쳐다본다.

시칠리아 꽃 축제

마르코가 운전하고, 마리아와 상수는 넋을 잃고 창밖만 쳐다보고 있다. 마리아가 말한다.

"산책하던 사람이 발견했다네! 경찰이 도착했을 때는 이미 숨이 끊어져 있었고, 외상 흔적이 전혀 없다고, 핸드백 안에서 우리 레스토랑 명함을 보고 전화했대!"

팔레르모 식물원에 도착했다. 입구에는 경찰차와 앰뷸런스가 보인다. 며칠 전, 상수와 연수가 자리 깔고 누워서 '여기는 천국 같다.'고 말했던 그 자리에 흰 천에 덮인 채 누군가 누워 있다.

마리아 아버지는 팔레르모시의 원로에 속한다. 경찰서에 찾아갔다.

"우울증이 심해서 치료차 여기 우리 집에 와서 지내고 있었는데, 극복하지 못하고 극단적인 선택을 한 것 같다. 가족들 모두 더 이상 확대 수사를 원하지 않는다."

마리아 가족들은 비록 시칠리아 사람은 아니지만, 특별히 가족장으로 장례를 치르게 해주겠다며 상수에게 제안을 하였고, 다니는 성당에서 마리아 가족들과 함께 장례를 치렀다. 연수는 팔레르모 공원묘지에 묻혔다.

상수는 묘비명에 이렇게 적었다.

Lee Hwa-Ryun(Do Yeon-Soo)
Korea
1957. 05. 25. - 1990. 05. 31.
Forever in Palermo, the place she loved

경찰서에서 유품을 찾아가라는 연락이 와서 마리아와 상수는 함께 갔다.
 조금은 낡은 가방 안에 성경책, 그리고 아기를 안고 웃고 있는 연수 사진 몇 장, 하얀 봉투 하나! 그 겉봉에 반듯한 글씨로 '사랑하는 상수 씨'라고 적혀 있다. 상수는 차마 그 봉투 안에 있는 편지를 읽어볼 용기가 나지 않았다.

 동독 베를린 주재 북 대사관 35호실 총책임자 차주영은 평양으로부터 귀국 명령을 받았다. 그리고 대사관으로 쓰고 있는 '카이저 호텔'의 폐쇄 절차에 들어가기 시작했다. 더 이상 존재의 가치가 없어진 것이다.

 1933년 히틀러는 나치당 수상 취임 기념 리셉션을 여기 '카이저 호텔'에서 개최했었다. 그 후 베를린을 방문할 때면 항상 카이저 호텔에서 업무를 보았고, 히틀러가 깊이 애용했던 나치당의 기념비적인 호텔이었다.

1975년 김일성은 당시 동베를린 최고의 호텔이었던 유서 깊은 '카이저 호텔'을 인수하였다. 그리고 호텔을 개조하여 동독 주재 '조선민주주의 인민 공화국' 대사관을 설치하고 동유럽 외교 거점으로 삼았다.

한때는 100여 명의 북 파견 직원이 근무할 정도로 북의 위세는 대단하였었다.

이러한 독재자들의 히스토리를 가진 '카이저 호텔'은 이제 역사 속으로 사라졌다.

1990년 9월 북한은 동독 주재 대사관을 완전 폐쇄하고 철수하였다.

1990년 9월 30일 대한민국은 소련과 수교하였다.

1990년 10월 3일 동서독은 화폐교환 비율을 1:1로 합의하면서 완전한 통일을 이루었다.

제15장

평온한 세상을 만나다

사랑하는 상수 씨

여기 지금 팔레르모 식물원 공원! 우리 같이 소풍 왔던 곳이야! 오늘도 그때처럼 하늘에 구름 띠가 높고 길게 펼쳐져 있네!

가만히 계산해 보니 우리 여기 시칠리아 온 게 3월 말이었던 것 같은데, 오늘이 5월 31일, 딱 두 달 되었어! 하루하루가 꿈속에서 살았던 것 같아, 그래서 나는 이 행복한 꿈을 깨고 싶지 않아.

저녁이면 맛있는 요리 해놓고, 지아비 기다리는 그런 평범한 여자의 행복도 느껴보았어, 같이 출근하고, 같이 음악 듣고, 같이 해변도로를 드라이브하면서 목이 터져라 상수 씨 이름도 부르고! 무엇보다도 사랑하는 사람과 이 아름다운 시칠리아에서 함께 지냈다는 게 생각만 해도 가슴이 두근거려!

지난날의 나! 도연수는 생각하고 싶지 않아! 늘 캄캄한 터널 속에 갇혀 살았었어!
지은 죄가 너무 많아! 나로 인해 불행해진 모든 사람들에게 어떻게 용서를 빌어야 할까! 지금 생각해 보면 나는 인간이 아니었어! 인간의 탈을 쓴 악마였던 것 같아! 나를 그렇게 세뇌시켰던 인간들! 절대로 용서할 수 없다고 각오도 했지만!

지금은 누구도 원망을 안 해! 왠지 알아? 과거의 내가 없었으면 어떻게 지금의 상수 씨를 만났겠어? 상수 씨가 한 말이 생각나.

"살아야 할 이유가 없다. 그렇다고 딱히 죽어야 할 이유도 없다."

그런데 나는 죽어야 할 이유를 지금 찾았어!
내 사랑하는 사람이 나로 인해 상처를 입을까 봐! 그것이 제일 두려워!
상수 씨 만나 정말 행복했었어! 고마워! 그리고 사랑해!

내 가방 안에 보면, 성경책 커버 벗기면 내 아들과 같이 찍은 사진이 있을 거야!
이름은 '장홍성'이고 1986년 7월 3일 평양에서 태어났어! 행여 통일되면 한번 찾아봐 줘! 염치없는 부탁이지?

마음이 점점 평온해지는 것 같아! (끝)

작가의 말

소설 《블랙요원》을 집필하면서 나는 많은 것을 생각하게 되었습니다.

현재의 대한민국은 모든 것이 풍요롭습니다. 5,000년 역사 중에 지금처럼 민초들이 굶지 않고 살게 된 것이 언제 한 번이라도 있었을까요? 1996년 세계 선진국 클럽 OECD에 가입하면서 도움을 받던 국가에서 도움을 주는 국가로 바뀌었으니, 천지개벽할 일입니다. 해방 후 불과 50년 만에 이런 말도 안 되는 성과를 이룬 이 나라를 어떻게 설명할 것인가? 지금까지 유래를 찾아볼 수 없는 이상한 나라로 UN에서는 분류하였습니다.

그냥 가만히 두어도 먹고살기 힘든 나라를 북 공산집단은 끊임없이 테러를 저질렀습니다. 1980년대 (구)소련이 붕괴되면서 남북한은 체제 경쟁이 최고조에 다다르게 됩니다. 유럽 동구권 국가들과

경제 영역을 넓히려는 남과 이를 막으려는 북! 이 과정에서 안기부 소속 특수활동요원 즉, 블랙요원이라 불리는 정보원들의 많은 희생이 뒤따랐습니다.

이제는 모두 지난 얘기로 되었지만, 2024년 현재 남북은 경제 규모나 국가 인지도 면에서 비교할 수 없을 정도로 벌어져 있습니다.
북은 이제 국가도 아닙니다. 인권도 자유도 먹을 것도 없는 최악의 국가! 아니 국가라고 할 수 없는 완전한 범죄 집단입니다. 대놓고 마약, 위조달러, 해킹, 인신매매, 거기에다 돈 안 준다고 남한에 협박하고 갈취하는 이 공산집단들….
그런데 이상하게도 이 집단을 추종하는 세력들이 남한 곳곳에서 자생적으로 생겨난 것입니다. 우리는 그들을 종북 세력이라 부르고 있습니다.
한민족이라는 미명하에 반미, 반일을 외치며 민족주의자 행세를 합니다. 왜 그들은 단 한 번도 북 공산집단을 욕하지 않을까요? 하물며 문재인 전 대통령이 '삶은 소대가리'란 말을 들어도 정치권, 공중파 언론 간부들 모두 입을 꾹 다물고 있습니다.

당신들이 그렇게 좋다는 그 북한에 가서 살아라! 하면 어마 뜨거워라! 하면서 절대 가지 않습니다. 자유와 인권이 있는 이 대한민국이 좋거든요! 자식이 유학 가 있는 미국은 더 좋거든요! 자! 그러면 왜 그들은 공산집단을 욕하지 않을까요?

　북한을 방문하는 남측 인사들에게 북한은 특별히 선물할 게 없습니다. 돈을 주겠습니까? 비싼 명품을 사다 주겠습니까? 그래서 생각해 낸 것이 미인계 프로젝트입니다. 아주 은밀하게 그리고 자연스럽게 접근을 하고, 사랑을 나누게 합니다. 같은 동포이니 말도 잘 통하겠다! 얼마나 좋겠어요? 남남북녀란 말 떠벌리면서 미인계에 푹 빠져 멋진 밤을 보냅니다. 밤새도록 멋진 포르노 배우가 되는 것입니다.

　북한을 방문할 정도의 남측 인사면 그래도 한국 사회에서 방귀 좀 낀다는 사회 지도층입니다. 처와 자식이 있고 직장에서도 어느 정도 위치에 있겠지요! 몇십 년 전쯤인가? 실제로 있었던 얘기입니다. 평양 외국인 전용 호텔에서 잠을 자고 나오는데, 안내원이 평양 방문 기념으로 비디오테이프를 가져가라 해서 북한 홍보영상 테이프인 줄 알고 받아 왔는데, 집에 와서 아내와 같이 아무 생각 없이 그 테이프를 보았는데… 세상에! 더 이상 글로 적지 않겠습니다.

　이런 식으로 북 공산집단은 몰래카메라 촬영이 일반화되어 있습니다. 이렇게 약점을 잡힌 사람이 북 공산집단에 대하여 욕을 한다? 그다음 날 아마 대한민국 SNS에 섹스 장면이 싹 다 퍼질 것입니다. 그것도 김정은 욕을 한다? 그것은 목숨을 내놓아야 합니다.

'삶은 소대가리'보다 더한 욕을 해도 참아야 합니다. 인권을 개똥으로 생각하는 공산집단은 슬로건이 "모든 것에 당이 우선한다!"입니다. 중공도 마찬가지입니다.

  자! 우리 모두 정부요직 관료, 언론의 고위직 간부, TV에 나오는 패널들을 지금부터 유심히 살펴보시길 바랍니다. 북한 이슈만 나오면 얼버무리면서 뒤로 빠지려 하는 인사들! 그리고 김정은이라 부르지 않고, 꼭 위원장이라는 직책을 뒤에 붙여서 호칭하는 인사들, 그러면서 대한민국 대통령이었던 분들에게는 이름만 부릅니다. 듣기 민망할 정도로 김정은에게 극존칭을 써가며 아부하는 인사들은 북 공산집단들에게 책이 잡혀 있다고 보아야 합니다.

  현, 대한민국에는 종북 세력들이 너무 많습니다. 이제는 국가 전복까지 할 수 있을 정도로 그 세력이 커져 있습니다. 노조 집단은 오래전에 이미 물들어 있었고, 정부, 언론, 국회 심지어 사법부까지 침투해 있습니다.

  북 공산집단은 이제 체재 경쟁을 할 필요도 대남 공작원들을 양성할 필요도 없습니다. 자생적으로 생긴 남한 종북 세력들이 아마 조만간에 세계 10대 강국 대한민국을 그냥 그대로 갖다 바칠 수도 있으니까요! 기다리면 됩니다.

부모 세대들이 목숨 걸고 지켜낸 이 자유 대한민국이 어쩌다 이 지경까지 되었을까요? 그래도 조금씩 희망이 보입니다. 현 10대, 20대에서 변화가 감지됩니다. 이 젊은 세대들은 좌우 이념에 매몰되지 않고 각종 SNS를 통하여 소통하면서 옳고 그름을 판단하고 자기주장을 강하게 어필합니다. 그들도 할아버지 세대의 자유 대한민국 DNA를 물려받았을 테니까요!

이런 말도 안 되는 범죄 집단을 추종하는 종북 세력들이 언젠가는 사라지겠지요! 하지만, 얼마나 더 대한민국을 망가뜨리고 사라지느냐! 이것이 관건입니다.

2025년 8월